CHAT FACHÉ

LES ASSASSINS À MOUSTACHES, TOME 7

SKYE MACKINNON

Traduction par
LORRAINE COCQUELIN , VALENTIN TRANSLATION

Peryton Press

ISBN: 978-1-913556-70-9

Titre original: *Roar* (Catnip Assassins 7)

Traduction par Lorraine Cocquelin, Valentin Translation

Couverture par Ravenborn Covers.

perytonpress.com

Pour Sootie.
Merci de m'avoir laissée être ton esclave pendant deux ans.

CHAT FÂCHÉ

Les Assassins à Moustaches, tome 7

L'heure du dernier miaou a sonné.

Toute sa vie, Kat s'est battue pour sa survie. Pour sa liberté.

Aujourd'hui, elle en a sa claque. Elle veut la paix. Même si elle doit, pour ça, risquer tout ce qu'elle aime.

Voici le dernier tome de cette série d'urban fantasy ronrondement menée pleine d'action, de suspense et de romance.

NOTE DE L'AUTEURE

Comme vous le savez déjà après les tomes précédents, cette série évolue dans un monde très similaire au nôtre, mais avec quelques différences importantes. La technologie ne s'est pas développée de la même manière, et même si beaucoup d'appareils vous seront familiers, tels que les télévisions, vous ne trouverez ici ni téléphone portable, ni voiture, ni Internet. Et pas d'armes à feu non plus.

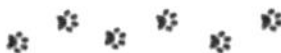

Inscrivez-vous à la newsletter de Skye pour connaître toutes les dernières sorties : skyemackinnon.com/francais.

DANS LES TOMES PRÉCÉDENTS

Kat s'est fait catnapper (même si elle préfère parler d'autokidnapping) et torturer. Privée de nourriture et à l'isolement pendant des mois, elle se réveille soudain dans une chambre au lieu de sa cellule. Elle tente bien sûr de s'échapper, mais se retrouve chaque fois confrontée à des sbires mutants. Elle rencontre une souris qu'elle nomme Moustaches et découvre avec surprise qu'elle peut communiquer avec le rongeur. Ensemble, elles mettent au point un plan d'évasion. Cependant, avant qu'elles ne puissent l'appliquer, Kat reçoit la visite de sa sœur clone, qui s'est attribué toute seule le prénom de Sophie. Si la petite fille a clairement subi un lavage de cerveau, elle s'avère aussi intelligente, et même gentille parfois.

Les deux sœurs s'échappent grâce à un peu de manipulation de la part de Kat et entrent en contact avec Lily, qui leur indique de se rendre dans un village où elles pourraient rejoindre les compagnons de Kat. Toutefois, avant qu'elles n'y parviennent, elles tombent dans une embuscade tendue par les serviteurs de Lord Delaney, le père adoptif de Sophie. Kat se métamorphose et devient sauvage un certain temps, jusqu'à ce que Ryker et Lennox la récupèrent. Ils réussissent à la convaincre de se transformer à nouveau, et ils finissent tous nus, ce qui donne lieu à des retrouvailles sympathiques.

Alors que tous sont enfin réunis et que leur avenir semble ronrondement mené, Kat se rend compte qu'elle attend quatre bébés. Sa grossesse progresse vite, ils n'ont pas le temps de rentrer à Attenburgh.

À la fin de *Chat et souris*, nos héros sont cernés par Lord Delaney et ses hommes, Kat a perdu les eaux et la situation semble désespérée…

PROLOGUE

LADY LARA

*J*e fixe la pièce sur mon bureau. En bronze, avec un carré au centre traversé d'un trait vertical. Ce n'est pas la première pièce des Crocs qui me parvient et ce ne sera pas la dernière. Ils sont de nouveau plus actifs. Dès que j'en découvre un et le confronte à la justice, d'autres sont déjà apparus.

Les Crocs sont partout. Kat m'a raconté qu'ils avaient été impliqués dans le meurtre d'enfants métamorphes dans sa ville d'origine. Ce n'est qu'un exemple parmi tant d'autres de leur idéologie tordue et cruelle. La plupart d'entre eux sont des sirens – et les dirigeants appartiennent clairement tous à cette espèce –, mais il y a tout de même quelques humains dans leurs rangs. Je ne comprends pas ce qui pousse un humain à vouloir travailler pour une organisation désireuse de régenter leur espèce. Cela dit, la tentation du pouvoir pousse les gens à accomplir des actes horribles.

Je ramasse la pièce et la tourne dans ma main. Elle est plus lourde qu'elle en a l'air. Elle a été trouvée sur une jeune femme. On m'a montré une photo de son corps ensanglanté. Elle avait l'air humaine, mais ça ne veut rien dire. À moins qu'ils ne soient tués dans leur forme animale, les métamorphes semblent aussi humains que vous et moi. Ryker, le compagnon de Kat, est la seule exception. Ses yeux dorés trahissent sa nature différente. Toutefois, après avoir entendu son histoire de chat ignorant qu'il était un métamorphe, ça peut se comprendre.

La femme décédée est spéciale, non à cause de la pièce, mais parce qu'elle a été retrouvée dans une ruelle derrière la mairie. Contrairement à d'autres quartiers d'Attenburgh, celui-ci est sécurisé, bien surveillé et la police y patrouille souvent. Il n'y a pas de meurtres par ici. Jusqu'à maintenant. C'est le deuxième dans les environs de mon bureau cette semaine.

C'est un message, j'en suis certaine. Les Crocs me lancent un défi. L'ancien maire était plus que ravi de détourner les yeux, et je le soupçonne même d'avoir accepté des pots-de-vin. Je ne suis pas comme lui. Je respecte les règles, même si cela me contraint à m'opposer aux personnes les plus puissantes de ce pays.

Soupirant, je compose le numéro du quartier général de *M.I.A.O.U.* C'est rare qu'il y ait quelqu'un, depuis la disparition de Kat, mais je vais peut-être avoir de la chance pour une fois. J'en aurais bien besoin à l'heure actuelle.

— *Oui ?* répond un homme fatigué.

Benjamin, si je ne me trompe pas. J'ai appris à plutôt bien connaître les membres de *M.I.A.O.U.* pendant l'absence de Kat. J'ai eu beau la chercher, jusqu'à il y a quelques jours, elle semblait s'être évaporée de la surface de la Terre. Ils l'ont enfin retrouvée, mais j'ignore quand elle reviendra à Attenburgh.

— C'est la maire. Est-ce que Lily est là ?

— *Non, je suis tout seul. Je peux vous aider ?*

Il bâille, sans chercher à cacher son épuisement. Ils sont tous à deux doigts de craquer. Kat a disparu pendant des mois, et non seulement ils ont tous tenté de la retrouver depuis, mais en plus, ils ont travaillé dur pour maintenir son entreprise à flot. Je leur ai confié autant de contrats que je le pouvais, cependant, je dois me montrer prudente pour ne pas donner l'impression que j'ai des préférences. En théorie, je devrais faire des appels d'offres pour tout, mais je n'ai pas le temps de m'embarrasser des petits détails en général. Ni de tout ce qui concerne ma sécurité personnelle. Je devrais peut-être la renforcer, avec la découverte de ce cadavre.

— Vous avez connaissance d'une recrudescence des activités des Crocs ? demandé-je à Benjamin.

Il déglutit de manière audible.

— *Non, pourquoi ?*

— Il y a eu deux meurtres. C'est clairement leur œuvre, puisqu'ils ont laissé deux pièces en bronze. Si vous entendez parler de quoi que ce soit, tenez-moi au courant. Je ne veux pas qu'ils s'emparent de ma ville.

— *Bien sûr, Lady Lara. Pensez-vous qu'ils ont un lien avec le siren qui a kidnappé Kat ?*

— Je commence à penser que tout est lié, d'une manière ou d'une autre. Des nouvelles d'elle, d'ailleurs ?

— *Non, ils doivent toujours être en route. Ils ne devraient plus tarder. Aux dernières nouvelles, ils étaient dans un petit coin paumé et attendaient que le temps s'améliore. Je vous rappelle dès qu'elle est rentrée.*

Je joue avec la pièce pour me distraire de mes inquiétudes.

— Merci. Et gardez un œil sur tout ce qui pourrait être l'œuvre des Crocs.

Je raccroche et m'adosse à mon siège, en serrant la lourde pièce dans mon poing. J'ai le sentiment que quelque chose va se produire, une sorte de prémonition inquiétante qui déclenche des frissons dans mon échine. En dehors de la disparition de Kat, les derniers mois ont été tranquilles. Peut-être trop. J'espère que ce n'était pas le calme avant la tempête, mais quelque chose me dit que c'est un vain espoir.

Je dois rester sur mes gardes et me tenir prête pour ce qui va arriver.

CHAPITRE 1

$\mathcal{D}$u sang coule le long de mes jambes. Du sang s'accumule sur le sol. Et j'ai du sang partout sur le visage.

Je m'en fiche. Le pire, c'est la douleur. Je suis déchirée de l'intérieur, à quatre pattes, haletante, et je tente de ne pas perdre connaissance. Autour de moi, la bataille fait rage. J'aimerais pouvoir les aider les garçons, mais j'en suis incapable. Je ne peux que m'accrocher à l'espoir qu'ils l'emportent, bien que nous soyons dépassés en nombre.

Je pousse un cri quand une nouvelle vague de douleur incandescente me transperce l'abdomen. Je ne serais pas surprise que mes bébés tentent de m'arracher la peau avec leurs griffes pour sortir sans tenir compte du chemin habituel. Était-ce le plan de Delaney ? Que je meure en couches ? Je parie qu'il ne sera pas triste, même si ce n'était pas dans son intention.

Ma panthère est proche de la surface, me poussant à me transformer. Mais je ne peux pas céder. Je ne sais pas quel effet cela aura sur les chatons en moi. Ils pourraient être blessés. Même si je n'ai jamais éprouvé pareille douleur que celle qu'ils me font subir, je ne veux pas qu'ils souffrent. Je les mettrai juste au coin quand ils seront nés. Voilà le plan.

Gryphon crie quelque chose au loin. J'ai beau lever la tête, je ne distingue rien, car il est caché derrière un mur de membres gigotant et couverts de sang. Autour de moi règne le chaos. Non, le carnage. C'est un combat à mort, où tous les participants cherchent à éliminer leurs ennemis. Je ne vois pas Delaney. J'imagine qu'il se tient à l'écart de la bataille et observe tandis que ses mutants font le sale boulot à sa place. Il ne ressemble pas à un guerrier. C'est un politicien, un siren manipulateur et obséquieux.

À la vague de douleur suivante, je m'effondre au sol. J'aimerais pouvoir me rouler en boule, mais mon énorme ventre me barre le chemin. Pourquoi les femmes s'infligent-elles ça volontairement ? Ce sera la première et la dernière fois que je donnerai naissance. Je castrerai mes mâles dès que toute cette histoire sera terminée.

À l'époque où je vivais avec la Meute, j'ai vu une femme accoucher, une métamorphe qui disposait de plus de libertés que nous, les enfants avec colliers. Ils lui avaient trouvé une sage-femme et on m'avait ordonné d'aider si besoin. Je ne sais toujours pas pourquoi, puisque je n'étais pas la plus docile des enfants. La voix de la sage-femme résonne dans ma tête. *Respirez malgré la douleur. Vous êtes plus forte que vous le pensez.*

J'aurais transpercé mon souvenir d'elle, si je l'avais pu. Elle n'a visiblement jamais eu quatre petits êtres pourvus de griffes dans son utérus. Je les imagine en train de me lacérer les entrailles et je frémis. Mais je n'ai pas le temps de m'attarder sur cette image. La douleur m'enveloppe. Les contractions s'accélèrent. Ça doit être bientôt le bout. Plus vite ce sera terminé, mieux ce sera.

— Kat ! crie Sophie derrière moi. Attention !

Je me retourne, bien plus lentement qu'à l'accoutumée, juste à temps pour voir le géant se jeter sur moi, avec dans les mains une hache plus grande que moi. Je roule sur le côté, et tente de me relever, mais je perds l'équilibre, pas aidée par mon ventre qui me rend plus lourde que d'habitude. Je trébuche et atterris à quatre pattes. Heureusement, ça m'a quand même permis d'échapper à sa hache. Je me jette vers l'avant, lui saisis les chevilles et tire de toutes mes forces. Il ne chancelle même pas. Merde.

Mon utérus choisit cet instant précis pour me filer une nouvelle contraction, et je beugle de douleur. Le mutant s'en fiche. Il se jette à nouveau sur moi, agite sa hache…

Quelque chose de petit le frappe sur le flanc, et il trébuche, déséquilibré. Sa lame m'atteint à l'épaule, mais ce n'est qu'une égratignure. Je préfère nettement ça à une décapitation.

Il grogne alors qu'un petit couteau scintille sous les rayons du soleil avant de s'enfoncer dans son cou. Rectification : c'est Sophie qui le plonge dans son cou. Elle s'accroche au mastodonte comme un petit singe à son arbre. Il la fixe, stupéfait, puis s'écroule. Elle bondit juste avant qu'il ne heurte le sol et récupère tranquillement son couteau. Il s'agit de l'un de ceux que la cuisinière nous a donnés. Si je revois cette femme un jour, elle aura droit à un gros câlin. Et un tas d'argent.

J'aimerais remercier Sophie, mais une nouvelle contraction m'éventre et je vois flou. Je ne vais pas tenir longtemps. Dès que la douleur s'estompe un tout petit peu, je regarde mes jambes. J'ai les cuisses couvertes de sang. Quelque chose ne va pas.

— On va gagner ! annonce ma sœur. Qu'est-ce que je peux faire ?

— Où est Delaney ? grogné-je juste avant que ne survienne la nouvelle vague de souffrance.

Je ferme les paupières et repense à cette sage-femme. *Si vous éprouvez le besoin de pousser, alors poussez. Et respirez.*

Non, je ne ressens pas le besoin de pousser. Juste celui de tuer tout ce qui m'entoure pour me faire oublier ma douleur.

— Arrache-les de là, grogné-je.

— Je ne pense pas que ce soit bon pour eux, répond-elle, sans saisir que j'exagère.

Mais est-ce que j'exagère vraiment ? À ce stade, je me fiche de quelle façon ces créatures quittent mon corps, tant qu'elles s'en vont.

Sophie me montre son couteau.

— Il n'est pas assez pointu, de toute façon. Tu veux que je retrouve mon père ? Il peut t'aider ?

Je la fusille du regard.

— Non, je ne veux pas qu'il m'aide, je veux qu'il meure.

Elle cille. Elle ne devrait pas être surprise.

— D'accord. Je m'en charge.

Elle part en courant avant que je ne puisse l'arrêter. Je grogne, incapable ne serait-ce que de me mettre debout. Je dois la suivre avant qu'elle ne commette une erreur. Elle n'est pas assez forte pour l'affronter. Et je ne souhaite pas qu'elle devienne une tueuse.

Quelque chose de pointu pousse contre le col de mon utérus. Pitié, faites que ce ne soient pas des griffes. J'ignore à quoi vont ressembler mes bébés, s'ils naîtront sous forme humaine ou animale, mais j'espère sincèrement qu'aucun appendice pointu ne sera impliqué dans le processus. Je sais que les chatons ne peuvent pas rentrer les griffes à la naissance, alors, avec un peu de déveine – et j'en ai eu pas mal ces derniers temps –, je vais finir avec un vagin lacéré.

Je vais tuer Delaney dès que mon utérus sera vide. J'aimerais pouvoir lui infliger le même niveau de douleur que celui que je subis, mais hélas, les hommes ne sont pas faits pour ça. Sans surprise. N'importe qui du sexe masculin serait sans doute déjà mort à ma place.

J'aimerais pouvoir l'être, moi aussi. Je crie sur une nouvelle lacération.

— Respire, Kat. Respire.

Tout à coup, Gryphon est à mes côtés. La souffrance a étouffé mes sens, je ne l'ai même pas entendu approcher. Le fait qu'il soit là plutôt qu'en train de se battre est bon signe.

— Je respirerai quand ils seront sortis, rétorqué-je en grognant. Enlève-les-moi, s'il te plaît.

— Ce n'est pas comme ça que ça marche. Allonge-toi sur le dos, je vais voir où tu en es.

— Oublie. Je suis bien plus à l'aise à quatre pattes.

— Très bien. Je me souviens vaguement de mes cours. C'est la femme enceinte qui commande.

— Un peu, mon neveu. Et pas seulement quand elle est enceinte.

Il pouffe alors qu'une nouvelle vague d'agonie menace de me submerger.

— Tout le monde va bien ? demandé-je en haletant une fois que j'ai refait surface.

La douleur est toujours là, me brûle toujours de l'intérieur, mais un peu moins prépondérante que lors des contractions.

— Ryker et Lennox s'occupent des derniers mutants. Je n'ai vu Sophie nulle part.

— Elle est partie s'en prendre à Delaney. Va l'arrêter. Je…

Ma phrase se termine dans un cri.

— Respire.

Je vais lui planter mon couteau, s'il répète ce mot encore une fois.

— Va t'assurer qu'elle va bien. S'il te plaît…

Il me caresse les cheveux, mélangeant sang et sueur, puis opine et file. Je suis contente qu'il m'ait écoutée. Maintenant qu'il est parti, je peux céder à ma douleur et crier le plus fort possible. Nul besoin de prétendre que ce n'est pas aussi horrible que ça en a l'air.

Chaque contraction m'affaiblit un peu plus. Mon corps ne s'est toujours pas remis de mon emprisonnement, et ça se voit. J'ai tellement envie de me transformer, alors que je sais que c'est une mauvaise idée. Reste plus qu'à espérer que tout sera bientôt terminé.

J'arrive à peine à me maintenir à quatre pattes. Peut-être que je devrais me mettre sur le dos, en fin de compte. Cependant, cette seule idée me fait transpirer.

Nouvelle contraction, et le monde tourne autour de moi. La bile me remonte dans la gorge au moment où le vertige s'empare de mon corps. Je ne distingue plus le haut du bas. Je me tourne, essayant de repérer la gravité, mais je finis sur le flanc. Enfin, je crois. Tout est confus.

J'écarte les jambes en sentant quelque chose pousser en moi, et tout à coup, tout s'enchaîne très vite. Accompagné d'une douleur encore pire que ce que j'aurais cru possible, un objet gluant et lourd sort de moi, tout droit dans les mains de Lennox, judicieusement placées. Je ne crie plus, je pars à la dérive, à peine consciente de la suite. Je suis comme une patiente observant la scène au loin. Le deuxième bébé est rattrapé par Ryker. Ils sont revenus me voir juste à temps. Puis arrive Gryphon, m'expliquant des choses que je n'entends pas, et coupant les cordons ombilicaux d'un geste expert.

La pression grandit à nouveau en moi. Encore deux. Vu la douleur qui me transperce, je pense qu'ils se battent pour déterminer qui sortira le premier de mon utérus.

Sophie arrive en courant munie de serviettes. Elles doivent provenir du pub dans lequel nous logeons. Gryphon aide le troisième bébé à naître. Je fixe, impassible, le petit être sanglant. Je devrais sans doute éprouver quelque chose pour les trois petits parasites câlinés par mes hommes, mais ce n'est pas le cas. Je suis engourdie, prête à dormir.

Le dernier sort presque trop vite, profitant du passage créé par ses frères et sœurs. J'ai les entrailles en miette, et ne parlons pas de mon vagin. Une chatte à la chatte brisée.

Maintenant qu'ils ont tous quitté mon ventre, la douleur s'amenuise, et je ferme les yeux, sombrant dans une inconscience bienheureuse.

CHAPITRE 2

Les cinq jours suivants, je les vis dans le brouillard. Je suis allongée sur une couverture que les garçons ont étalée sur plusieurs bottes de paille, à regretter que nous ne soyons pas encore à la maison. Le chariot qu'ils ont piqué au pub ralentit notre voyage, par rapport à une chevauchée, mais je suis incapable de monter. Du sang s'écoule toujours de mon entrejambe, et mes hommes doivent changer les serviettes toutes les heures ou presque. Si je n'étais pas métamorphe, je serais déjà morte. Mon corps essaie de se guérir seul, mais il a bien du mal à cause des dégâts causés par les bébés en moi.

Sophie et Gryphon me tiennent compagnie tandis que Lennox conduit. Ryker est à cheval, à la fois pour jouer les éclaireurs et s'assurer que nous ne soyons pas suivis.

Delaney a fui le combat. D'un côté, je suis heureuse, parce que ça signifie que je pourrai toujours le tuer. D'un autre, ça complique tout. Nous sommes toujours en danger. Je parie que les mutants que nous avons combattus ne sont pas les seuls à sa disposition. Il en appellera d'autres et s'en prendra à nouveau à nous. Et à ce moment-là, je serai incapable de me défendre ou de protéger ma famille.

Le lendemain de l'accouchement, du lait s'est mis à couler de mes seins. J'en ai été à la fois soulagée et horrifiée. Quatre jours plus tard, mes tétons ont l'air d'avoir été dévorés par des animaux sauvages. Ce qui n'est pas loin de la vérité.

Comme je suis trop faible pour ne serait-ce que soulever les bébés, Gryphon ou Sophie les installe pendant qu'ils me torturent. Ni les humains ni les chats ne naissent avec des dents, sauf ma portée. Elle n'a pas dû avoir le mémo. Tous les petits ont l'air humains au premier regard, mais il est clair que ce n'est pas totalement vrai. Deux possèdent de minuscules crocs et se ressemblent beaucoup. Cela dit, tous les bébés se ressemblent, à mes yeux, donc il est trop tôt pour dire si ce sera toujours le cas quand elles grandiront. La troisième a le corps recouvert d'une fine couche de fourrure, qui lui donne l'air d'un petit singe. Le quatrième, enfin, le seul mâle, est totalement humain à l'avant… jusqu'à ce que l'on découvre qu'il a une queue. Oui, mon bébé a une queue.

Nous ne leur avons pas encore donné de nom. Tout a été si rapide, si intense. Pour l'heure, tout ce qu'ils savent faire, c'est manger, dormir et pleurer. Quand ils ne torturent pas mes mamelons pour m'assécher comme de petits vampires, ils dorment soit contre moi, soit dans des écharpes que les garçons ont passées autour de leurs poitrines.

Même dans mon état comateux, je parviens à trouver mes hommes sexy avec ces bébés. Tous les trois sont immédiatement tombés sous le charme des petits, et les regards adorateurs et protecteurs qu'ils leur adressent me rendent presque jalouse. Sophie se comporte avec ma portée comme une grande sœur et non une tante. À vrai dire, elle est plus proche d'eux que de moi en âge, donc c'est logique.

Je ne sais pas ce que j'éprouve quand je les regarde. Ce n'est pas comme l'amour pour mes mâles. Pas non plus ce que je ressens envers Sophie, même si je n'arrive pas à identifier cette émotion-là non plus. Malgré tout, à l'idée qu'il puisse leur arriver quelque chose, mon cœur souffre presque autant que mon utérus au moment de l'accouchement, mes griffes me démangent de sortir. Oui, je suis férocement protectrice envers ma portée. Est-ce que ça signifie que j'aime mes petits ?

Je m'accroche à l'espoir que tout deviendra plus clair quand nous arriverons chez nous. Il me tarde de retrouver mon hamac. De revoir ma sœur, et Lily, et les autres. Cela fait bien trop longtemps. J'ai besoin d'une pause, d'un peu de temps avec eux, avant de planifier ma revanche. Je grogne. Ils vont souffrir. Delaney, sa femme, et tous les sirens que je trouverai.

Le chariot craque sur le sol irrégulier. Lennox me lance un regard d'excuse, mais il n'est pas pour grand-chose dans l'état des routes. Elles seront meilleures quand nous nous approcherons d'Attenburgh. Là où nous sommes actuellement, les fermiers n'ont pas assez d'argent pour les entretenir, et je doute que le gouvernement les aide beaucoup. Heureusement, à Attenburgh, Lady Lara dépense son argent avec sagesse et a amélioré les principales routes commerciales qui traversent la ville.

Mes conversations avec elle me manquent. Quand je me suis autokidnappée… Non, quand j'ai été *kidnappée* tout court, il faut que j'arrête de voir ça autrement… je venais juste de me réconcilier avec elle. Je comptais recommencer à travailler avec elle, non pas en tant que garde du corps cette fois-ci, mais consultante. Je ne sais pas si je serai douée pour ça, mais le défi me plaît. En plus, c'est un plaisir de travailler avec Lady Lara. Elle est intelligente, fiable et elle a les pieds sur terre. En outre, elle a un petit côté sournois caché en elle. Avant de découvrir qu'elle avait tout planifié pour que les meilleurs voleurs de la ville se fassent grignoter par des poissons monstrueux, je n'aurais jamais cru que nous aurions tant en commun. Même si je n'aurais pas manqué d'offrir à dîner auxdits poissons.

— Tu veux jouer à un jeu ? demande Sophie, bien plus guillerette que moi. Je te donne un indice sur ce que je vois et tu essaies de deviner ?

J'observe le paysage morne. Des champs, un arbre de temps en temps, beaucoup de boue. Des nuages gris foncé annonciateurs d'encore plus de pluie. Rien de particulièrement reconnaissable. Nous sommes les seules taches de couleur sur une toile d'un gris déprimant.

— On doit pouvoir trouver mieux, répliqué-je en soupirant. Donne-moi une de ces fleurs jaunes, je vais t'en montrer un.

Lors de notre dernière halte, Sophie a récolté toute une brassée de fleurs. Je ne connais pas leur nom. Je ne connais en botanique que les plantes empoisonnées et donc utiles à mon métier.

Elle me tend une fleur et j'en caresse les doux pétales. Ils sont déjà en train de faner, donc je fais preuve de pitié, en réalité.

— Tuer.

J'arrache un pétale et le lâche hors du chariot.

— Mutiler.

Nouveau pétale.

— Tuer. Mutiler. Tuer. Mutiler.

Je souris à Sophie, qui n'a pas l'air de voir le côté amusant de ce jeu.

— Tu penses à quelqu'un quand tu fais ça ?

J'opine.

— Oui. C'est bien plus satisfaisant comme ça.

— Qui ?

Devrais-je lui révéler qu'il s'agit de son père ? Je sais qu'elle n'est plus sous son contrôle, et pourtant, je doute qu'elle soit prête à découvrir mon plan consistant à le torturer lentement, très lentement, à le déchiqueter membre par membre.

— Quelqu'un qui m'a fait du mal, répliqué-je finalement. Et à ceux qui comptent pour moi.

— Dans ce cas, c'est une bonne chose, déclare-t-elle, d'un ton bien plus mature que son âge. Je peux t'aider.

Je suis à la fois fière d'elle et un peu triste. Tout comme les jumelles, elle a été exposée à bien plus de violence qu'un enfant ne devrait en côtoyer. J'ai réussi à offrir une nouvelle vie aux jumelles, alors, avec un peu de chance, je pourrai en faire autant pour Sophie. Je ne veux pas qu'elle devienne une tueuse sans pitié. Elle possède une facette douce et gentille que j'ai remarquée ces derniers jours. Sa façon d'enlacer ses nièces et son neveu trahit son bon cœur. Je détesterais le voir se briser.

Elle saisit une fleur aux pétales bleus qui virent au violet vers le bord et m'imite en marmonnant.

— À qui est-ce que tu penses ? lui demandé-je, amusée.

— Jagger, l'un des hommes qui surveillaient notre maison. Il n'était pas gentil avec moi.

— Bien joué. On s'occupera de lui, ne t'en fais pas. Je le tuerai pour toi.

— Ou tu le mutileras, insiste-t-elle. Je n'ai pas encore fini.

Je la regarde retirer patiemment les pétales un à un, et terminer par un « Tuer » triomphant. J'obtiens le même résultat avec ma fleur. On dirait qu'il va y avoir pas mal de morts dans un avenir proche.

— Il va m'en falloir tout un champ, commente Gryphon d'une voix forte pour se faire entendre par-dessus les cliquètements du chariot.

Il me prend la main.

— Ma liste a considérablement grandi ces derniers mois à cause de tous ces gens qui ont refusé de me dire ce qu'ils savaient. Je me suis débarrassé de certains, mais je n'avais pas toujours le temps de m'attarder.

Un jour, je leur demanderai à tous de me raconter ce qui leur est arrivé quand ils me cherchaient. Mais pas tout de suite. Mes hormones sont toujours chamboulées, alors je risquerais d'être émue. Trop dangereux.

— Tu es bien installée là derrière ? demande Lennox en se tournant vers moi, comme toutes les une heure ou deux.

C'est à la fois adorable et très agaçant.

— La chariot rebondit toujours autant qu'il y a deux heures, répliqué-je sèchement. Mais c'est comme ça. On sera à Attenburgh demain ?

Il hoche la tête.

— S'il ne pleut plus, oui. Sinon, il nous faudra un jour de plus. Le sol est toujours imbibé à cause du déluge de cette semaine, et s'il y a encore de l'eau, ce sera une rivière de boue.

J'aimerais pouvoir monter à cheval, mais c'est un rêve stupide dans mon état. Je devrais m'estimer contente que nous disposions de ce chariot. Cependant, difficile de rester optimiste quand on a mal partout, surtout aux tétons. Maintenant, je sais pourquoi certaines mères n'allaitent pas leurs petits. Si j'avais du lait et des biberons, je ne me priverais pas de m'en servir, surtout avec quatre enfants. Je ne suis pas sûre de pouvoir produire assez de lait, encore moins quand ils auront grandi et en auront besoin d'une plus grande quantité.

Je suis impatiente d'arriver à Attenburgh. Je vais demander à Bethany de créer du faux lait maternel pour les bébés. Si elle parvient à distiller des poisons capables de faire lentement fondre la peau de l'intérieur, elle doit pouvoir fabriquer à manger pour les mini-métamorphes.

Si tant est qu'ils en soient. Jusqu'ici, ils sont tous restés humains, mais aucun de nous n'a d'expérience avec les bébés métamorphes. Les enfants amenés à la Meute avaient au moins trois ou quatre ans. À cet âge, ils se transforment parfois par accident, raison pour laquelle tout le monde recevait un collier à son arrivée, quel que soit son âge. J'ignore si mes bébés sont capables de se transformer et je n'ai personne à qui poser la question. Lennox non plus. Nous sommes orphelins tous les deux.

Sophie ne se souvient pas de sa première métamorphose, donc elle ne peut pas m'aider non plus. Quand nous serons à Attenburgh, nous pourrons contacter M. Moon, l'ex-patron de Lennox, qui aura peut-être quelques réponses pour nous. Il doit bien y avoir quelqu'un dans son groupe de loups-garous qui en connaît un rayon sur la survenue de la première transformation d'un bébé métamorphe. J'espère que ça n'arrivera pas pendant que je les allaiterai. Ce serait douloureux. Ce n'est déjà pas génial que deux des filles aient des crocs. Je regarde ma poitrine. Sous mon tee-shirt, ce n'est pas beau à voir.

— Je m'ennuie, soupire Sophie. On peut jouer à deviner ce qu'on voit, maintenant ?

Je lève les yeux au ciel. J'imagine que ma sieste devra attendre.

CHAPITRE 3

J'ai recommencé à saigner quand nous arrivons à Attenburgh. Je tente de rester éveillée malgré le sang coulant entre mes jambes. J'y parviens seulement parce que je suis excitée de rentrer à la maison. Gryphon et Ryker me tiennent compagnie tous les deux, tandis que Sophie est à l'avant à côté de Lennox. Il la laisse conduire le chariot, mais se tient prêt à récupérer les rênes si elle se laisse distraire.

— Plus très longtemps à attendre, marmonne Gryphon en me caressant le front avec sa main froide. Dès que nous serons à la maison, je pourrai te soigner comme il le faut.

Je lui serre la main.

— Tu as fait tout ce que tu as pu.

Il grimace sans répondre. Peu importe le nombre de fois où je lui assure que personne n'aurait pu faire mieux que lui avec les moyens limités à sa disposition, il se reproche toujours son incapacité à me soigner. C'est stupide, et je ne me suis pas privée de le lui dire. Il n'y a pas beaucoup de place pour l'apitoiement dans ce chariot, et c'est surtout moi qui l'occupe. J'en ai gagné le droit, surtout quand mes bébés griffus s'attaquent à mes nibards.

Heureusement, ils dorment tous pour le moment. Je les ai

nourris il y a une heure, ce qui les plonge dans un sommeil suffisant pour nous accorder un peu de repos à tous. Ils sont blottis les uns contre les autres dans leur panier. Le petit mâle suce le pouce de l'une de ses sœurs. Je souris avec adoration, puis tire sur la couverture pour les cacher aux regards d'éventuels curieux. Au premier coup d'œil, ils ressemblent à des bébés humains, cependant, je ne veux pas donner l'occasion à quiconque d'en jeter un deuxième et de remarquer les griffes, la queue et la fourrure.

Notre progression est ralentie par les rues bondées qui ont remplacé les routes vides et cahoteuses auxquelles nous étions habitués jusqu'à présent. Les humains fourmillent autour de nous, s'adonnant à leurs affaires sans nous accorder d'attention pour la plupart. Nous ne sommes qu'un chariot parmi tant d'autres entrant à Attenburgh. Si la plupart se dirigent vers le marché, ce n'est pas notre cas. Notre maison se situe dans les faubourgs, mais évidemment pas par la direction d'où nous sommes arrivés. Nous aurions pu contourner la ville ; nous avons toutefois décidé de la traverser, dans l'espoir que ce soit plus rapide.

Ce matin, nous sommes passés dans un petit hameau, d'où Gryphon a pu contacter Lily et lui annoncer notre arrivée imminente. J'ignore ce qu'il lui a dit, mais je parie qu'elle va préparer du matériel médical pour qu'on me soigne enfin.

Une nouvelle vague de douleur me transperce l'abdomen et je serre mes bras autour de mon ventre. Au moins, il n'est plus rond, je peux revoir mes pieds. Si je suis toujours blessée à l'intérieur, l'extérieur a guéri vite et il ne reste plus aucune trace de ma grossesse. Mon ventre est à nouveau plat et joli, plus rien de flasque à l'horizon. Cela dit, si je pouvais troquer mes saignements contre un bidon de femme enceinte, je le ferais sans hésiter. Je ne suis pas aussi vaniteuse.

— Oh, c'est dans cette maison qu'on logeait ! s'exclame tout à coup Sophie en indiquant une grande villa.

Elle doit appartenir à Delaney. J'échange un regard sombre avec mes gars, qui hochent la tête pour marquer leur approbation.

Dès que j'irai mieux, nous ferons une descente dans cette demeure et la réduirons en cendres. Nous devons détruire tout ce qui pourrait donner un avantage à Denaley. À partir de maintenant, je n'attendrai pas qu'il vienne me chercher. Je vais prendre l'offensive et je n'arrêterai que lorsque tous les sirens démoniaques de ce pays auront été détruits.

Nous progressons en silence. Quand nous quittons les routes principales pour nous engager dans des rues plus étroites, Lennox récupère les rênes. Sophie proteste un peu, mais le respecte assez pour ne pas faire un caprice. Elle a bien plus de respect pour mes hommes que pour moi, sans doute à cause de toutes les horreurs que Delaney et sa femme lui ont racontées à mon sujet.

Je regarde autour de moi comme si c'était la première fois que je me baladais en ville. J'ai l'impression que mon dernier séjour remonte à une éternité. Tant de choses ont changé depuis. Je ne suis plus la même.

Je soupire de soulagement en voyant se profiler notre maison. Ma douleur s'est transformée en palpitation constante et le linge entre mes jambes est imbibé de sang. Je ne pense pas être capable de marcher. Je grimace à l'idée de me faire porter à nouveau. Je déteste être faible, même si mes hommes m'assurent sans arrêt qu'ils adorent prendre soin de moi. Ça doit satisfaire je ne sais quel instinct alpha chez eux, surtout chez Lennox. Son loup m'a choisie pour compagne, et c'est seulement parce que son humain garde la tête froide qu'il a pu accepter de me partager. Son loup n'aurait jamais accepté. Heureusement que Lennox est un métamorphe ayant appris à contrôler ses instincts animaliers. J'imagine que je dois en remercier la Meute.

La porte s'ouvre à la volée au moment où nous nous arrêtons devant la maison, et Lily sort en courant, suivie de près par Bethany et Benjamin. Je crois que nous étions attendus.

— Kat ! hurle-t-elle.

Bien plus vite que je ne l'aurais cru possible pour une

humaine, ou presque, elle grimpe sur le chariot à côté de moi et me regarde, inquiète.

— Comment vas-tu ?

Je tente de sourire, mais ça doit plutôt ressembler à une grimace tendue.

— Ça ira.

Elle hausse les sourcils, ayant perçu le mensonge, puis se tourne vers Gryphon.

— Nous avons transformé la morgue en salle d'opération et y avons mis tout ce que tu as demandé. La maire a envoyé une chirurgienne qui sait garder le silence si nécessaire. Et Bethany a préparé des tas de potions et de remèdes qui pourraient être utiles.

Il lui adresse un sourire reconnaissant. J'ai une étrange remontée acide. Il ne devrait pas lui sourire de la sorte. Attendez, est-ce que je suis jalouse ? C'est la perte de sang qui doit chambouler mes émotions.

Ils me portent à l'intérieur de la maison comme si j'étais invalide tandis que Benjamin se précipite pour ouvrir toutes les portes. Je me mets à rire alors que nous descendons vers la morgue. Je n'aurais jamais cru finir là un jour. Du moins, pas tant que je suis en vie.

— Qu'est-ce qui ne va pas ? demande Gryphon avec une inquiétude tout à fait adorable.

— La morgue. C'est morbide.

Il lève les yeux au ciel.

— Il n'y a que toi que ça fait rire.

Derrière nous, Ryker pouffe.

— Non, pas que. Reconnais que c'est un peu bizarre de l'emmener à la morgue pour la soigner. Ce n'est pas normal.

— Depuis quand sommes-nous normaux ? rétorque Lennox. Je considère ça comme une insulte.

Dans la morgue, ils m'allongent sur la table métallique qui nous sert habituellement à disséquer les corps. Génial. J'espère qu'ils se souviendront que, contrairement aux morts, je sens la douleur et que j'ai besoin d'anesthésie si jamais ils veulent m'opérer. Gryphon m'a dit qu'il ne saurait ce qui l'attend qu'une fois qu'il aurait pu m'examiner.

Une petite femme maigre se tient dans un coin et nous fixe avec de gros yeux. Ça doit être la chirurgienne envoyée par Lady Lara.

Tandis que Gryphon s'entretient avec elle, les autres garçons m'entourent de leurs attentions, essaient de m'installer plus confortablement sur la table froide. Avoir un matelas, ça aurait été sympa, mais je sais que ce n'était pas très hygiénique. Je survivrai sans… enfin, j'espère.

Bethany attrape différents flacons sur une étagère et les place d'une certaine façon sur un chariot. Avec Lily à l'entrée de la morgue, c'est bien trop bondé ici. Gryphon s'en rend compte au même moment.

— Toutes les personnes non essentielles, quittez la pièce, merci.

Personne ne bouge. Il soupire.

— Oui, vous êtes tous essentiels, mais nous n'avons pas besoin de vous tous ici. Lily, tu pourrais aider Sophie avec les bébés et lui faire visiter la maison ? Lennox, appelle la maire et dis-lui que nous sommes rentrés. Ryker, je pense qu'on aura faim, quand on aura fini ici.

— J'ai déjà installé la nurserie, s'exclame Lily, toute guillerette. Et mis deux griffoirs.

Elle s'éloigne d'une démarche sautillante, en extase de pouvoir jouer avec mes bébés.

Lennox fusille Gryphon du regard, mais m'embrasse sur le front et s'en va, suivi par Ryker, qui pose un baiser sur mes lèvres. Allumeur. Dès que je pourrai bouger sans me vider de mon sang, je leur montrerai combien j'ai détesté me faire materner par eux tous. Des images de menottes et de laisse jaillissent dans mon esprit, et un sourire démoniaque me monte aux lèvres.

— Je te présente le Dr Lavalle, me dit Gryphon.

La femme m'adresse un léger sourire, qui n'atteint pas ses yeux.

— Elle va t'examiner avec un échographe pendant que je t'injecte quelque chose contre la douleur. Si nous devons t'opérer, nous t'endormirons, mais pour l'instant, nous allons juste utiliser quelques antalgiques pour atténuer la douleur.

Ils passent à l'action et je les laisse faire tout le nécessaire. Bethany, qui a fini ses préparatifs, vient se placer au bout de la table et m'observe, un grand sourire aux lèvres.

— Je suis contente de te revoir. On s'ennuyait, sans toi.

— Ravie d'avoir mis fin à ton ennui, rétorqué-je sèchement. Il s'est passé des choses intéressantes pendant mon absence ?

— Les chats de Ryker ont apprivoisé la biche, Willow. Ils lui grimpent dessus pour se balader et faire tout un tas de bêtises. Je suis convaincue qu'ils peuvent communiquer avec elle, même si Ryker m'affirme que c'est impossible.

— Je pensais que le faon serait parti, depuis le temps.

Elle éclate de rire.

— Alors, Benjamin serait parti avec elle. Il aime Willow encore plus que les chats. Ils sont inséparables. Elle dort dans son lit et le suit partout, sauf si les chats l'ont kidnappée pour leurs projets diaboliques.

Il me tarde de voir ça. J'avais presque oublié le faon que j'ai sauvé. J'ai l'impression que ça remonte à des années. Je pensais que Benjamin la relâcherait dans la nature dès qu'elle aurait grandi, mais il semblerait que j'ai eu tort. J'aurais dû m'en douter. Benjamin adore les animaux. C'est plutôt mignon. J'imagine qu'il s'est attaché à *M.I.A.O.U.* aussi. Au début, j'imaginais qu'il nous quitterait dès qu'il aurait gagné un peu d'argent, pourtant, il est toujours là, toujours membre de notre petite équipe. Qui n'est plus si petite que ça. Si nous continuons à nous agrandir, je devrai payer des impôts à un moment donné. Non, hors de question. J'ai beau apprécier Lady Lara, je suis un assassin ; or, les criminels ne paient pas d'impôts, c'est contraire au règlement. Je pourrais peut-être faire des dons à une association ou un truc stupide du genre. Un refuge animalier qui pourrait bichonner les chats errants dont Ryker ne peut s'occuper.

— Nous allons devoir opérer, annonce le Dr Lavalle d'un air très grave. C'est un miracle que vous soyez toujours en vie.

Comme j'ignore ce qu'elle sait exactement sur moi, je ne réponds pas.

— Ça va prendre combien de temps ? demande Bethany.

— Difficile à dire tant qu'on ne l'aura pas ouverte pour constater son état. Au moins trois heures, je dirais. Tout dépend des talents de ce jeune homme, ajoute-t-elle en indiquant Gryphon.

Il a l'air un peu vexé, mais ne proteste pas. S'il est vrai qu'il n'a jamais fini ses études de médecine, il a acquis pas mal d'expérience sur le terrain. Je pense que je n'aurais pas survécu à l'accouchement sans lui.

Je ferme les yeux et tente de me détendre, ce qui est difficile à réaliser avec la douleur. Espérons qu'elle disparaisse bientôt.

— Allez-y, commencez, marmonné-je, les dents serrées. Et si je ne me réveille pas, je vous hanterai jusqu'à la fin de votre vie.

CHAPITRE 4

*U*n mois plus tard

— Tu ne *peux pas* appeler ta fille « Herbe à chats », grogne Lily en levant les yeux au ciel. Elle ne te le pardonnerait jamais.

— C'est un nom tout à fait correct. La secrétaire de Lady Lara s'appelle bien Pomme. Si un humain peut donner à son enfant le nom d'un aliment, alors moi aussi.

— Et les autres, ce sera quoi ? Ficelle ? Lait ? Souris ?

— Souris, c'est plutôt sympa, répliqué-je innocemment, même si je commence à voir où elle veut en venir.

Ce soir, nous avons prévu une petite cérémonie pour nommer ma portée. Jusqu'à présent, je les appelle Frétille, Vamp, Mordue et Duvette, mais je sais qu'ils ne peuvent pas garder ces surnoms, aussi mignons soient-ils. Pour l'instant, tous les quatre se comportent comme des bébés humains classiques, si l'on ne tient pas compte des crocs et de leur dextérité qui se développe anormalement vite. Frétille enroule toujours sa queue autour de mon bras quand je le porte, comme un petit singe. Il la contrôle étonnamment bien. Ils grandissent à une lenteur humaine, cependant, ils sont déjà capables de s'asseoir et de se tourner sur le ventre. Bientôt, ils vont ramper, et l'enfer se déchaînera.

— Tu devrais peut-être rester au C, suggère Lily. Cara, Cain, Claudia, Caramel.

— Le caramel est un aliment. Je croyais que tu ne voulais aucune allusion alimentaire.

— Cindy, alors. Ce sont des noms normaux.

— Et ennuyeux, soupiré-je.

J'avais déjà eu cette conversation avec les garçons, qui nous avait valu une liste interminable de noms, sans qu'aucun ne me paraisse convenir. Mes bébés ne sont pas ordinaires. Ils ont besoin de prénoms indiquant combien ils sont spéciaux.

— Fureur, marmonné-je, pensive. Vengeance. Justice. Courroux.

— Tu n'es pas sérieuse.

Je lui lance un regard impassible.

— Si.

— Tu as trois compagnons. Tu pourrais les laisser nommer chaque fille, et toi, tu te charges du garçon ? Comme ça, ils se sentiront encore plus impliqués.

Je lève les yeux au ciel.

— Certains jours, ils sont bien plus impliqués dans leurs vies que moi. Rien que maintenant : pendant que je discute avec toi, Ryker et Gryphon jouent avec les petits et Lennox cherche des bébés métamorphes. Même Bethany fait partie de l'aventure, puisqu'elle essaie de synthétiser mon lait maternel.

— Et Benjamin est allé faire des courses pour la nurserie, enchaîne Lily. On essaie tous de t'aider. Tu as quatre bébés, tu ne peux pas tout faire toute seule. En plus, tu n'as pas vraiment choisi d'être enceinte.

Je frémis. Je déteste quand quelqu'un le mentionne. Je veux oublier d'où vient ma progéniture. Tout ce que je souhaite, c'est me concentrer sur le présent et leur avenir. Le passé appartient à hier. Je ne peux rien y changer.

— Qu'est-ce qu'il veut acheter ? La pièce est déjà bien chargée.

Lily hausse les épaules.

— Aucune idée. Peut-être un nouveau mobile, vu que Frétille l'a fait tomber avec sa queue et que les autres l'ont détruit.

Je ris à ce souvenir. Tous les quatre, cernés par le carnage, qui me regardaient fièrement, s'attendant à ce que je les félicite pour leur œuvre. Je doute que des bébés humains soient capables de faire ça. Pour l'instant, aucun d'eux n'a des griffes, mais je parie que ça va changer. Vamp agite déjà les mains comme si ses ongles étaient plus longs qu'ils ne le sont en réalité.

Quand j'étais enceinte, Gryphon s'est servi de ses sens de siren pour déterminer ce qu'étaient mes bébés. Il pensait que deux d'entre eux étaient des métamorphes félins et les deux autres des sirens mélangés à des gènes de métamorphes, l'un d'un loup et l'autre d'une espèce qu'il ne parvenait pas à identifier.

Je pense qu'il avait tort et que ce sont tous des félins. Vamp et Mordue ont des crocs de chats sans aucun doute et Frétille une queue féline aussi. La fourrure de Duvette pourrait provenir de nombreux animaux, mais elle se comporte comme les autres. Depuis leur naissance, je m'interroge de plus en plus sur leur père. Mes bébés sont-ils le produit d'expérimentations génétiques ? Ou bien les enfants biologiques de Delaney ? Et s'il m'avait implanté sa semence pendant que j'étais emprisonnée ?

Je frémis à cette pensée et serre les poings. Je préfère croire qu'ils ont effectué des expériences scientifiques que l'autre possibilité. J'ai l'habitude d'être un rat de laboratoire, ça m'est arrivé toute ma vie.

Dès que j'aurai attrapé Delaney entre mes griffes, je prélèverai un échantillon de son sang pour réaliser un test de paternité. J'ai besoin de savoir, même si je ne suis pas sûre de pouvoir admettre la vérité. Dans un cas comme dans l'autre, je ne dirai jamais à mes bébés comment ils ont été conçus. Je veux qu'ils se sentent désirés et aimés, comme si j'avais prévu de les avoir.

Je perçois Ryker quelques instants avant qu'il ne déboule dans la pièce.

— Quelqu'un est arrivé à la villa, annonce-t-il avec une excitation à peine contenue. Mes chats ont vu entrer deux personnes. Ça pourrait être Delaney.

Je me lève immédiatement, vibrant du besoin de sang. Nous attendions tous ce moment. Réduire la maison en cendres sans personne à l'intérieur ne suffisait pas. J'ai aussi eu besoin de temps pour guérir, mais maintenant que je suis en pleine forme, c'est l'opportunité parfaite pour découvrir si mes talents sont toujours aussi aiguisés qu'autrefois. Mis à part quelques déambulations sur les toits de la ville de nuit et un minuscule assassinat, je n'ai pas encore repris le travail. Je suis sûre que la maison est surveillée, et je ne veux pas risquer que l'un des potes de Delaney constate que je suis toujours en vie, et redevenue comme avant. Il m'a fallu deux semaines pour reprendre du poids et des muscles. Les deux suivantes, je me suis occupée en allaitant les bébés et en effectuant des tâches administratives ennuyeuses. Maintenant, j'ai envie de me dépenser et de faire quelque chose de plus palpitant que changer des couches.

Lily se lève et me lance un regard indulgent.

— Je vais surveiller les bébés. Va t'amuser. Est-ce que je dois dire à Lennox et Gryphon de vous rejoindre là-bas ?

— Lennox est déjà au courant, annonce Ryker avec une impatience à peine contenue. Il viendra dès que toi ou quelqu'un d'autre se chargera du baby-sitting.

Je suis déjà hors de la pièce, attrapant mes armes sur le porte-manteau près de la porte. Nous l'avons transformé en mini-armurerie avec les armes préférées de chacun, pour les urgences. Nous disposons également de toute une pièce remplie de jouets allant des couteaux aux arbalètes, en passant par les bombes fumigènes, mais je n'ai pas le temps de m'y rendre maintenant.

J'ai déjà un couteau dans chaque botte et mes aiguilles empoisonnées dans le col de mon tee-shirt. Je ne vais nulle part sans tout ça. J'ai dû m'assurer que les bébés ne se piquent pas dessus par accident quand ils saisissent mon haut à pleines mains. Le problème a été facilement réglé avec de petits étuis en plastique pas plus grands qu'une allumette.

— Tu vas te transformer ? demandé-je à Ryker quand il me rejoint.

— Non, je suis d'humeur à taillader, répond-il avec un sourire diabolique.

En mon absence, il s'est entraîné avec les autres et a amélioré ses compétences. Pour un homme qui ne savait même pas marcher droit il y a un an, il énormément progressé. Avoir vécu toute sa vie sous forme de chat lui a conféré un équilibre et une vitesse de réaction excellents. Il n'a pas arrêté de dire qu'il souhaitait des gants avec des lames au bout des doigts, comme des griffes, mais n'a pas encore concrétisé son idée.

Nous partons en courant, optant pour les ruelles et quelques détours pour rester hors de vue des humains. Nous sommes en plein jour, donc je ne souhaite pas attirer l'attention avant même d'avoir rejoint la villa. Quand nous y serons, ce sera une autre histoire. Il me tarde d'enfoncer mes lames dans de la chair.

Parvenue à destination, je respire bien plus vite que je ne le devrais. Moi qui pensais être pleinement remise, il semblerait que je ne sois pas aussi rapide que je l'espérais. Je dois retrouver de l'endurance. Heureusement, ça me donnera une excuse pour sortir de la maison malgré l'inquiétude des autres, qui craignent que l'on me remarque. Après aujourd'hui, Delaney saura que je suis toujours en vie. J'espère qu'il est sur place, prêt à être tué.

Trois chats nous attendent dans un cul-de-sac derrière la villa. Je n'en reconnais aucun, mais remarque immédiatement la femelle noire aux magnifiques yeux dorés. C'est moi, en miniature. Je sais que certains humains ont des superstitions impliquant les chats noirs, mais c'est seulement parce que nous sommes splendides. Ils ont peur de nous. Je parie que même cette petite femelle pourrait éliminer un humain, si elle en a envie.

— Est-ce que quelqu'un a quitté le bâtiment depuis que vous nous avez prévenus ? demande Ryker.

Le plus grand des chats, un sphinx élégant qui aurait eu bien besoin d'un peu de poils, secoue la tête. Ryker leur a appris des gestes de base comme celui-ci ou hocher la tête de haut en bas, pour faciliter la communication avec nous lorsque nous sommes sous forme humaine. Je me demande s'il a ajouté certaines choses à leur catalogue de gestes en mon absence. Un sujet à explorer plus tard.

Ryker me tend la main en souriant.

— Souhaitez-vous y aller, gente dame ?

— Tu m'invites à un rencard ?

— En effet. Je dois vous prévenir, il pourrait y avoir du sang. J'espère que madame n'en craint pas la vue ?

Je pouffe comme une fille.

— Si je m'évanouis, tu devras me rattraper dans tes bras forts et musclés.

— Marché conclu. Et peut-être que je te garderai dans mes bras après t'avoir attrapée. Je ne peux pas te garantir que tu garderas tes vêtements, par contre.

La chatte noire miaule. J'ai l'impression qu'elle lèverait les yeux au ciel si elle en était capable.

Je regarde la maison et perds ma bonne humeur, enfilant mon masque d'assassin. Le temps du badinage est terminé. Place à la vengeance.

Nous entrons via une échelle de secours, à l'arrière. Une vraie faille de sécurité, si vous me demandez mon avis, mais je doute que mon opinion intéresse Delaney. La porte en haut est verrouillée, et sans doute munie d'une alarme. Cela dit, maintenant que nous sommes là, plus besoin de subterfuge. Je ne veux pas tuer Delaney par-derrière. Je veux qu'il me regarde bien en face quand je lui ôterai la vie, lentement et douloureusement.

Si tant est qu'il soit là. Je croise les doigts mentalement. Ce serait bien plus agréable. Assassiner Delaney, puis éliminer ses alliés. Est-ce que le Grand Chat dans le ciel pourrait être clément avec moi, pour une fois ? J'ai bien mérité un peu de chance, je pense.

Ryker me regarde, la mine impénétrable.

— Prête ?

Je hoche la tête.

— Allons-y. Toi, va en bas et bloque la porte, pour que personne ne s'échappe. Je vais voir si Delaney est là.

— D'accord, mais seulement en attendant les autres. Je te rejoins dès qu'ils arrivent. J'ai des comptes à régler avec ce putain de siren.

Son corps est tendu d'une rage qu'il parvient à peine à contrôler, ce qui me surprend. Je croyais être la seule tentée de démembrer et décapiter Delaney.

— Quels comptes ? demandé-je, avec l'impression que je devrais connaître la réponse.

Ryker me fixe du regard.

— Tu te fiches de moi ? Tu crois que c'était facile pour moi en ton absence ? Tu crois que je… que *nous* ne détestons pas ce siren tout autant que toi ? C'est peut-être toi qu'il a torturée, mais crois-moi, c'était comme s'il m'infligeait la même douleur. Et à mon cœur. Ne pas savoir où tu étais, si tu étais toujours en vie, me tuait de l'intérieur. Les gars et moi avons tout autant de raisons que toi de vouloir sa mort.

— Mais…

— Pas de mais. Tu n'es pas toute seule. Ça nous concerne tous, notre famille. Tous nous choisir ne se résume pas à avoir trois hommes dans ton lit. Nous sommes tous impliqués à fond. Je sais que ce n'est pas facile pour toi, que tu n'as pas l'habitude d'être aimée, mais tu vas devoir t'y faire. Très vite. On t'a laissé le temps de te remettre, mais je ne pense pas qu'on puisse attendre plus longtemps. Tu dois te confier à nous, nous dire ce qu'il s'est passé. Nous ne pourrons t'aider que quand nous saurons tout.

Je le dévisage, bouche bée. Je ne m'y attendais pas, pas du tout. Je n'en avais pas la moindre idée. Je ne pige vraiment rien. Ai-je manqué tous les signaux indiquant que les garçons n'étaient pas heureux ? C'est ce qu'il me dit ?

— Tu es malheureux ? murmuré-je, et mon masque d'assassin s'effondre.

Merde. Ce n'est pas le moment pour les conversations personnelles, mais maintenant que nous avons commencé, nous devons en parler, sinon aucun de nous ne pourra se concentrer sur sa mission.

Il secoue lentement la tête.

— Non, pas malheureux. Simplement… Je ne sais pas. Je crois que j'ai besoin de me sentir désiré. Pas seulement pour m'occuper de ta portée. Je veux écouter tes problèmes et les résoudre. Je veux être présent pour toi sur le plan émotionnel, pas juste physique, mais pour ça, il faut que tu te montres plus ouverte. Tu ne peux pas nous tenir sans cesse à distance, Kat. Ce n'est pas juste. Nous sommes prêts à nous mettre à nu pour toi, mais ça doit marcher dans les deux sens.

Me mettre à nu. Baisser ma garde. J'avais commencé à le faire, avant de me faire kidnapper. Maintenant, je ne suis pas sûre d'en être capable. Je suis une épave. Je ne pense pas pouvoir redevenir la même personne qu'avant. Delaney m'a brisée, même si je ne l'admettrai jamais. Il m'a brisée en mille morceaux, ce que me rappellent les bébés sans cesse. J'ai beau les aimer, chaque fois que je les regarde, des tessons de souvenirs douloureux me transpercent le cœur.

— Je sais que tu ne t'es pas encore entièrement remise, Kat, dit doucement Ryker. Tu n'as pas besoin de faire semblant. Quand on reviendra à la maison, on en parlera. Aucune excuse. On va s'enfermer dans une chambre et on ne la quittera pas tant qu'on n'aura pas discuté de tout ça.

Un frisson me remonte l'échine. Je doute d'en être capable. Cela m'effraie plus que l'idée de revenir dans cette cellule.

— Tu n'as pas choisi le meilleur moment pour en parler, répliqué-je avec un rire faux.

— Non, sans doute pas.

Il m'adresse un faible sourire, mais il n'est pas prêt à lâcher le sujet.

— Mais je n'ai pas pu me retrouver seul avec toi depuis ton retour. J'imagine que je ne pouvais plus attendre. Désolé.

— Tu n'as aucune raison de t'excuser.

Je suis sincère. Je comprends ce qu'il a traversé. J'aimerais juste que tout soit un peu plus facile.

Je prends une grande inspiration.

— Ça te dit d'aller tuer un siren ?

Son sourire s'en va alors qu'il montre les dents.

— Avec plaisir.

CHAPITRE 5

ès que nous ouvrons la porte, une alarme perçante se déclenche dans la maison. Je grimace. J'imagine que le bouton pour arrêter ce bruit strident est près de la porte du bas, comme d'habitude. J'ai manipulé suffisamment de systèmes de sécurité dans ma vie pour connaître les bases. Ryker, redevenu fidèle à lui-même, me décoche un clin d'œil jovial et file vers le grand escalier au bout du couloir dans lequel nous venons d'entrer. Avant d'ouvrir la porte, j'ai étendu mes sens et cherché qui se trouvait dans la maison. Cinq personnes. Impossible de discerner si elles étaient sirens, humaines ou autres, les murs sont trop épais pour que je renifle leur odeur. Je vais devoir me fier aux battements de cœur. Cinq. J'espérais plus. Avec un peu de chance, les autres n'arriveront que quand tout sera terminé, ça me laissera davantage de meurtres.

Il y a deux personnes au rez-de-chaussée, dont Ryker va s'occuper, deux à mon niveau et une au-dessus de moi. Me fiant à mon instinct, j'opte pour l'étage supérieur. J'espère que c'est Delaney, là-haut, seul dans son bureau.

J'ai mes lames dans les mains, prêtes à être lancées ou à

taillader, en fonction de ce qui sera nécessaire. L'adrénaline qui pulse dans mes veines est un changement bienvenu par rapport à la monotonie des dernières semaines. Je ne dirais pas que s'occuper de quatre bébés est ennuyeux, mais ce genre d'aventure m'a manqué. Mes sens sont en alerte maximale et le monde me paraît plus aiguisé. Je remarque tout, de la petite araignée morte sur le sol, à moitié dissimulée sous des nuages de poussière, aux taches jaunâtres du plafond qui témoignent d'un précédent dégât des eaux.

Je doute que cette maison serve très souvent. Sophie nous a dit que son père ne l'y avait emmenée qu'une seule fois, quand il m'a forcée à devenir sa prisonnière. L'odeur de naphtaline et de renfermé imprègne l'atmosphère, autant d'indicateurs d'une maison pas aérée assez souvent. Je peux presque goûter la poussière, même si mes pas prudents n'en font pas voler.

En dessous de moi, une bagarre a commencé. Je n'ai aucun doute sur le fait que Ryker peut s'occuper de deux personnes, y compris des mutants. Il a les réflexes d'un chat ; il leur tournera autour sans jamais laisser leurs armes s'approcher de lui.

De manière très étrange, les deux personnes de mon étage n'ont pas du tout bougé, malgré l'alarme qui beugle toujours. J'ai réussi à la mettre au second plan de mon esprit, cependant, elle m'empêche d'entendre d'éventuelles conversations. Il y a de grandes chances pour que Delaney — ou la personne qui dirige ici — ait appelé du renfort à l'heure actuelle.

La logique voudrait que je m'occupe de ce niveau d'abord, mais ma haine contre le siren me pousse à emprunter l'escalier à la place. Le deuxième étage est tout à fait différent. Du merisier sombre recouvre les murs, leur conférant une allure à la fois plus ancienne et plus luxueuse. L'air sent la fumée de cigarette, ce que je n'avais pas remarqué dans la maison où j'étais retenue prisonnière. Cela dit, je ne me suis jamais rendue dans les quartiers d'habitation de Delaney non plus, à l'époque. Peut-être que c'est son péché mignon. Peut-être est-il assis dans son bureau, entouré d'un nuage de fumée, en train de mettre au point des plans diaboliques en sirotant un verre de whisky. Un homme d'affaires charmant et élégant, avec un cœur noir et malfaisant sous le faux sourire.

Enfin, l'alarme s'arrête, laissant dans son sillage un silence bienvenu. Ce doit être l'œuvre de Ryker. J'inspire profondément en priant mes oreilles d'arrêter de siffler. Je me concentre sur les battements de cœur à cet étage, droits devant moi. Je ne m'occupe pas des autres portes, même si leurs boutons de porte dorés et polis me rendent jalouse. Je devrais peut-être en dérober quelques-uns sur le chemin du retour ; ils rendraient super bien chez moi.

Devant la dernière porte, j'hésite. Le bois est gravé d'un motif ressemblant à du sumac vénéneux. Comme c'est approprié. Je suis sûre que deux de mes aiguilles au moins sont imprégnées d'une mixture à partir de cette plante. Mes aiguilles sont mon dernier recours pour le cas où la situation partirait en sucette. Je veux torturer Delaney d'abord, lui retirer lentement une à une toutes les couches de son épiderme, exposer ses entrailles, avant de regarder au fond de ses yeux sa vie s'éteindre. Je me lèche les babines à cette idée. Ça va être si bon.

Le battement de cœur à l'intérieur de la pièce me paraît familier, toutefois, je ne me suis pas retrouvée assez souvent en présence de Delaney pour affirmer avec certitude que c'est lui. Une seule façon de le savoir.

Je resserre les doigts autour de mes couteaux. Il est temps d'affronter mes démons.

La personne de l'autre côté du bureau ne sursaute pas quand j'entre dans la pièce. Elle me sourit, l'air détendu, et me détaille de la tête aux pieds.

— Je me demandais si tu viendrais.

La femme de Delaney est vêtue d'un tailleur bleu pâle au col haut. Ses cheveux parfaitement coiffés lui tombent sur les épaules en boucles châtain foncé identiques. Ses yeux, trop écartés pour être qualifiés de beaux, sont froids et calculateurs. Elle sent la rose et la siren. Cette dernière odeur provient sans doute en grande partie de son mari, même si elle doit avoir un peu de sang siren elle aussi. Elle n'est pas assez jolie pour en être une à part entière, mais je doute qu'un type comme Lord Delaney ait pris une simple humaine pour femme.

— Où est ton mari ? aboyé-je.

— Pas ici, manifestement. Tu vas devoir te contenter de moi. Mais tu ferais mieux de te dépêcher, il y a des gardes qui arrivent.

Je lève les yeux au ciel.

— Comme s'ils pouvaient m'arrêter. Tu es prête à mourir, Gill ?

J'avais découvert son prénom au cours des recherches sur la famille Delaney que nous avions effectuées ces dernières semaines. Trouver des informations générales sur eux avait été facile, surtout sur le mari de Gill et ses activités politiques. Toutefois, je ne savais pas grand-chose de leur vie personnelle, à part quelques dates, comme celle de leur mariage.

— Ce n'est pas moi qui vais mourir aujourd'hui.

Bien que son visage reste impassible, la lueur apeurée dans son regard est difficile à rater.

— Si tu me dis où est ton mari, je peux être rapide. Ou on peut faire durer le plaisir. Après ce que tu m'as infligé, je suis d'humeur à me venger. Tu veux savoir ce que ça fait d'être allongée sur un sol brûlant ? Tu aimerais être affamée ? Je suis sûre que je peux te créer une petite cellule dans mon sous-sol. Pour te rendre un peu la monnaie de ta pièce, pour ainsi dire.

— Tu es folle. Tu n'as aucune idée de ce qu'il va se passer. Fuis tout de suite, si tu veux rester en vie, et très loin. Nous savons où tu habites. Nous connaissons l'identité de tes petits amis. Si tu es toujours en vie, c'est parce que nous étions trop occupés avec des choses plus importantes. Dans une semaine, ce pays changera de visage et deviendra meilleur. Nous allons nous débarrasser de ton espèce une bonne fois pour toutes. Certains d'entre vous seront conservés dans nos laboratoires, mais nous ne tolérerons pas que des animaux sauvages restent en liberté en prétendant être humains.

Toute sa peur s'est évaporée, remplacée par de la haine. Je me demande d'où vient sa détestation des métamorphes. Elle en a élevé une, après tout. Déteste-t-elle Sophie tout autant ? Moi qui espérais qu'elle ressentait au moins un soupçon d'amour ou d'affection pour ma petite sœur.

J'adresse un grand sourire à Gill et agite mes couteaux.

— Merci pour l'information. Maintenant, tu n'as plus qu'à me dire où se cache ton mari et je me mettrai en route.

Après qu'elle sera devenue un cadavre sur ce sol, bien sûr. Je ne la laisserai pas vivre.

— Autre chose que tu aimerais me dire ? ajouté-je. C'est ta dernière chance.

Des cris retentissent aux étages inférieurs, suivis par un bruyant fracas.

— Ton temps est écoulé, annoncé-je, en regrettant de n'avoir pas pu la torturer.

Sa mort, en revanche, je ne vais pas la regretter. Elle figurait sur ma liste de choses à faire depuis que Gill m'a rendu visite dans ma prison.

— Je ne ferais pas ça, à ta place, dit-elle, avec un léger tremblement dans la voix.

Elle dirige les mains vers un tiroir sous le bureau, sans doute pour y prendre une arme.

Tu es pathétique, m'avait-elle dit à l'époque de notre rencontre.

Avant qu'elle ne puisse utiliser ce qui se trouve à sa portée, je lance mon couteau, l'atteignant en plein dans l'œil droit.

— Tu es pathétique, déclaré-je à voix haute tandis qu'elle glisse lentement sur le côté et s'éteint.

Le temps qu'elle tombe de sa chaise et touche le sol, elle est déjà morte.

Je regarde dans le tiroir. Une minuscule arbalète avec une unique flèche. Je la renifle. Elle n'est même pas empoisonnée.

— Pathétique, répété-je en filant en vitesse hors de la pièce pour aider Ryker avec un chouette carnage.

Il est entouré de cadavres, couvert de sang, et il sourit comme un fou. C'est comme ça que je l'aime. Il se tourne vers moi quand j'arrive et, au même moment, un des sbires des Delaney se relève derrière lui. Un des immortels. Sans me quitter des yeux, Ryker lance la lame qu'il tient sur l'homme. Elle se fige entre les deux yeux du mutant, qui tombe à la renverse, une expression de surprise comique sur son visage grossier.

— Joli coup, félicité-je Ryker. Tu as vraiment beaucoup appris en mon absence.

Il me sourit avec fierté.

— J'ai compris que je dois me fier davantage à mes instincts félins, même sous forme humaine. Ça m'aide à voir les choses avec autre chose que mes yeux.

Je compte rapidement les corps. Sept. Le respect pour mon compagnon m'envahit. Même moi j'aurais eu du mal à éliminer autant de mutants. S'il a coupé la tête de la plupart d'entre eux, il en a oublié un. Ou bien, il m'en a gardé un par galanterie.

Il me tend sa lame, plus longue que mes couteaux et plus adaptée à la tâche. Je me mets à l'œuvre. J'adore décapiter quelqu'un, même si c'est plus amusant à faire quand la cible est toujours en vie. Là, c'est un peu comme du bûcheronnage.

— Il y a encore deux personnes à l'étage au-dessus, déclare Ryker quand j'ai terminé. Elles n'ont pas du tout bougé.

— Aucun signe des autres encore ?

— Non, mais nous n'avions pas besoin d'eux. Lennox sera

sans doute énervé d'avoir raté toute l'action. Il meurt d'envie d'une bonne bagarre.

— Ce n'était pas Delaney là-haut, juste sa femme. Ce n'est pas encore fini, il y aura d'autres bagarres, à mon avis.

Je soupire.

— Même si j'ai très envie de me venger, il me tarde que tout soit terminé pour qu'on puisse passer du temps en famille tous ensemble.

Il hausse les sourcils, mimant le choc.

— Qui êtes-vous et qu'avez-vous fait de Kat ? Du temps en famille ? J'ai bien entendu ?

Je le frappe à l'épaule.

— Ne répète à personne que j'ai dit ça.

— Pas un mot, promis. Mais je te comprends. Ces derniers mois ont été éreintants pour nous tous. Tous les jours depuis que je t'ai rencontrée, à vrai dire. Non pas que je le regrette.

Il m'attire contre lui et pose ses lèvres sur les miennes. Il sent le sang, la transpiration et l'herbe à chats. La meilleure odeur du monde.

Je lui rends son baiser, m'abreuvant du réconfort qu'il m'offre. Nous sommes au beau milieu d'un carnage, et pourtant, je ne voudrais être nulle part ailleurs. Le baiser de Ryker, c'est mon foyer, un endroit que je ne voudrais jamais quitter.

La preuve de son désir s'affirme contre mon ventre, mais autant j'aimerais pouvoir céder à mon envie d'arracher nos vêtements pour le prendre ici et maintenant, autant je sais que ce n'est ni le lieu ni le moment.

Avec bien plus de regrets que je ne l'aurais cru, je passe la langue sur ses dents une dernière fois et je recule.

— Plus tard ? demande-t-il, à bout de souffle.

— Plus tard. Voyons voir qui sont les personnes au-dessus.

Il acquiesce, et son visage se départit de sa douceur. J'enfile à mon tour mon costume d'assassin, ignorant les dernières traces de désir qui pulsent dans mes veines. Nous pourrons continuer ce baiser, et plus encore, quand nous serons rentrés chez nous.

Nous montons l'escalier sans un bruit. La moquette épaisse sur les marches nous rend bien service. En retirer le sang sera une vraie gageure. Nous laissons des traces écarlates, mais je m'en fiche. Nos amis comme nos ennemis seront capables de nous trouver sans.

Plus nous nous approchons de notre cible, plus j'ai le sentiment que quelque chose cloche. Leurs battements de cœur sont trop faibles, comme s'ils dormaient. Impossible cependant de continuer à pioncer avec le raffut que Ryker a fait en éliminant les sept gardes.

Il croise mon regard alors que nous atteignons la porte derrière laquelle je peux sentir les personnes mystérieuses.

J'opine pour lui indiquer que je suis prête. Il tend la main vers la poignée au moment où une odeur étrange parvient à mes narines. Agissant d'instinct, je le pousse de toutes mes forces, et nous tombons au sol. J'atterris sur lui, le genou entre ses jambes. Oups.

— Pourquoi as-tu fait ça, bordel ? grogne-t-il en se tenant l'entrejambe.

Je souffle.

— Du poison.

Je me relève et lui tends la main. Quand il l'accepte, je l'aide à se mettre debout.

Il renifle, puis recule de la porte où il a perçu la même odeur que moi.

— C'est un piège, marmonne-t-il, ce que je confirme d'un signe de la tête.

— Feuille de Barbe à Papa. Le poison se déclenche au contact de l'acide de notre peau. Si tu avais touché cette poignée, tu serais mort d'ici une demi-heure.

Il serre les poings.

— Quels enfoirés. Je déteste les pièges.

— Comme tout le monde. Ils devaient savoir que nous pourrions détecter les personnes là-dedans. Tu as des gants ? Je ne veux pas de ce truc sur mes vêtements.

— Non, je n'y ai pas pensé, comme on est partis vite. Je vais trouver quelque chose à la cuisine.

Tandis qu'il se précipite au rez-de-chaussée, j'étends à nouveau mes sens, me concentrant sur les deux battements cardiaques de l'autre côté de la porte. J'ai l'impression qu'ils ont encore ralenti. Peut-être ont-ils reçu du poison, eux aussi, ce qui expliquerait pourquoi ils ne sortent pas d'ici. Empoisonnement accidentel en mettant de la Feuille de Barbe à Papa sur la poignée ? Victimes innocentes ? Nous le découvrirons bientôt, j'espère.

Ryker revient avec une poignée de torchons tous plus moches les uns que les autres. Gill Delaney avait des goûts de merde. J'en prends un et l'enroule soigneusement autour de ma main en veillant à ce qu'aucune partie de ma peau ne soit exposée. Je n'ai pas l'antidote de la Feuille de Barbe à Papa sur moi, et je ne pense pas que Ryker puisse rentrer à la maison et revenir ici en une demi-heure.

J'échange un regard avec lui, puis tourne la poignée. Dès que la porte s'ouvre, je lâche le torchon.

La pièce est petite, ressemblant plus à une cellule qu'à une vraie chambre. Un lit métallique de chaque côté, pas de fenêtre, une ampoule clignotante pendant au plafond.

Je chancelle, envahie de souvenirs de ma propre prison, très semblable à celle-ci. La douleur infligée par les tortures, les innombrables nuits solitaires, l'impuissance…

Ryker se rapproche et effectue de lents cercles sur le bas de mon dos, m'ancrant dans le présent. Je ne cherche pas son regard, je ne veux pas y voir sa pitié.

Je repousse mes souvenirs et me concentre sur l'instant présent. Sur notre droite se trouve une femme inconsciente, affamée, au crâne rasé. Elle sent l'humaine. Sur le lit de gauche est allongé un homme aux joues creuses et à la barbe hirsute. Il devait être musclé et large d'épaules à une époque, mais tout comme la femme prisonnière, il a perdu beaucoup de poids. Combien de temps ces deux-là ont-ils passé ici ?

Le battement cardiaque de l'homme est plus puissant que celui de la femme. Je lui secoue l'épaule pour déterminer son niveau d'inconscience. Il grogne, mais c'est un son guttural et incontrôlé. Je lui soulève gentiment les paupières pour vérifier ses pupilles. Elles sont en tête d'épingle, bien plus petites qu'elles ne devraient l'être si son inconscience avait été due à des causes naturelles. J'appuie sur ses mâchoires pour l'obliger à ouvrir légèrement la bouche.

— Tu sens ça ? demande Ryker. C'est… de la pomme ?

Je hoche la tête.

— C'est bien ce que je pensais, ils ont été empoisonnés eux aussi. Le Jus du Chaos, si je ne me trompe pas. Ça aspire ta force, comme un vampire, accélère ton métabolisme jusqu'à ce que ton corps se dévore lui-même. Ces gens ont l'air d'avoir été affamés depuis des semaines, alors que ça ne remonte sans doute qu'à quelques jours.

La porte d'entrée s'ouvre, juste assez fort pour que je perçoive le son. Des renforts, pour nous ou nos ennemis.

— Je vais aller voir en bas, propose Ryker. À moins que tu n'aies besoin de mon aide ?

Je secoue la tête.

— On ne peut rien faire pour eux ici. Bethany doit pouvoir concocter un antidote, mais je n'ai rien d'utile sur moi. Je viens avec toi. Ils ne vont pas s'en aller en notre absence.

Nous courons dans le couloir et l'escalier. Le sang laissé précédemment a déjà séché, même si je peux encore le sentir. Peut-être que je vais pouvoir me battre, cette fois-ci. J'inspire profondément, et grogne de déception.

C'est Gryphon, et non un sbire à tuer. Le siren attend près de la pile des corps qu'il observe d'un air appréciateur.

— Je vois que vous vous êtes bien amusés.

— *Il* s'est bien amusé, rétorqué-je en soufflant avant d'indiquer Ryker. Moi, je n'ai pu en tuer qu'un, et même pas aussi lentement que je l'aurais voulu.

Gryphon lève les yeux au ciel et m'ignore.

— Si vous avez fini de trucider des gens, on a un petit souci à la maison. Vous devriez rentrer tout de suite avec moi.

CHAPITRE 6

$\mathcal{D}$eux corps nous attendent dans l'entrée. Ils ont été posés sur des chaises, et mes sœurs sont en train de leur enfiler des vêtements qui semblent provenir de l'armoire d'une grand-mère. De larges chapeaux, un robe de chambre rose, des chaussons duveteux, une chemise de nuit à motif fleuri avec des boutons à l'avant.

— Qu'est-ce que tu en penses ? me demande Sophie avec un grand sourire aux lèvres, en agitant un parapluie rose que je n'avais jamais vu.

Elle le place dans la main d'un des cadavres et son sourire s'élargit.

— Ils ne sont pas jolis, comme ça ?

Une fille de son âge ne devrait pas jouer avec des cadavres. Elle devrait s'enfuir en hurlant ou avoir une réaction de personne normale confrontée à la mort. Je me demande si je devrais lui apprendre que j'ai tué sa mère adoptive. Je me ravise. Elle le découvrira bien assez tôt ; je n'ai pas envie de gâcher son moment d'amusement.

— Sophie m'a aidée à les décorer, annonce Caitlin en apparaissant derrière sa petite sœur. On noue des liens.

Je gémis. C'est leur excuse pour toutes leurs bêtises. Apparemment, « nouer des liens » sous-entend jouer des tours à leur autre sœur, à savoir moi.

— Qui c'est et pourquoi vous les déguisez ? demandé-je, me sentant tout à coup très vieille et adulte.

Et épuisée.

— Ils ont voulu entrer par effraction après votre départ, explique Gryphon, derrière moi, qui se retient clairement de rire. Ils étaient plus nombreux que ça. Les filles, qu'est-ce que vous avez fait d'eux ?

— Rien, répond Caitlin, l'innocence incarnée. Bethany les a descendus à la morgue. Elle ne nous a laissé que ces deux-là pour t'offrir un joli comité d'accueil.

Je fronce les sourcils.

— C'est ce qu'elle a dit ?

— Ce sont ses mots, oui.

Étais-je aussi effrontée à son âge ? Sans doute. Non, pas du tout, en réalité. C'est bizarre d'observer la scène de l'autre côté. Je n'ai jamais habillé un cadavre d'une robe de chambre rose et d'un chapeau, cela dit.

Lily arrive depuis le couloir, et le hall d'entrée paraît soudain très bondé.

— Salut, Kat. Ces types voulaient te voir.

— Maintenant, ils ne voient plus rien, marmonne tout bas Caitlin.

Petite maligne. Je ne lui accorde aucune réaction et me tourne à la place vers Lily.

— Ils étaient combien ?

— Six. Ils n'ont pas dépassé l'entrée. Certains chats de Ryker s'en sont mêlés, je leur dois de l'herbe à chats. Ils ont beau être petits, ils sont très doués pour distraire des attaquants en cas de bagarre.

— De l'herbe à chats ? répété-je, incapable de m'en empêcher.

— Pas pour toi. Tu te souviens de ce qu'il s'est passé la semaine dernière ?

Cela me refroidit immédiatement. J'ai connu mon pire flash-back après avoir ingéré une petite dose d'herbe à chats. J'ai eu l'impression d'être retournée dans ma cellule, torturée par le sol si chaud que ma peau cloquait. Nulle part où fuir. Toute seule.

Je frémis. Je dois accepter l'idée que je ne pourrai pas prendre d'herbe à chats avant un moment, tant que mon esprit ne sera pas apaisé et que je n'aurai pas bâti de barrières autour de ces souvenirs. Pour l'heure, ils sont toujours trop proches de la surface. Je n'ai pas eu le temps de les verrouiller au même titre que les moments merdiques de mon passé.

— Ils sont arrivés juste après ton départ, poursuit Lily. Ils devaient surveiller la maison.

— Ils en avaient après moi, c'est ça ?

— Je présume qu'ils constituaient un message sans le savoir. Delaney les a envoyés se faire tuer, conscient qu'ils ne survivraient pas à une effraction à *M.I.A.O.U.* Même si nous avions été moins nombreux à la maison, nous avons suffisamment de pièges et de systèmes de défense pour nous occuper de six intrus. Delaney devra en envoyer davantage, s'il veut avoir la moindre chance.

Elle a raison.

— Je suppose qu'il veut nous faire savoir qu'il nous surveille. Et alors ? Ce n'est pas nouveau. Je lui ai laissé un message, moi aussi. Sa femme morte.

— Ça ne va pas lui plaire, prédit Lily. Je pense que nous devrions renforcer nos systèmes de défense.

— Je n'en suis pas sûre. Il savait que nous irions chez lui. Il y avait un piège, des poignées de porte empoisonnées. À moins que ça n'ait été prévu pour quelqu'un d'autre, Delaney a laissé sa femme à dessein. Peut-être qu'il en avait marre d'elle. Malgré tout, c'est étrange.

— Très, confirme Gryphon. Je vais appeler la maire, pour

qu'elle nous aide à nettoyer la scène et qu'elle fasse transporter les personnes empoisonnées ici ou à l'hôpital.

— Encore du poison ? s'exclame Lily, excitée. On dirait que vous vous êtes bien amusés, sans moi.

— Nous avons trouvé deux humains avec du Jus du Chaos dans le sang. Ryker est resté avec eux, pour le cas où des renforts arriveraient. Même s'il a quelques chats avec lui, on devrait sans doute y retourner pour l'aider.

Gryphon contourne les cadavres et se rend dans le salon, où se trouve l'un de nos deux téléphones. L'autre est dans le bureau, une pièce que j'évite, parce que la paperasse qui m'attend est trop pénible.

— Comment vont les bébés ? demandé-je à Lily.

— Ils dormaient, la dernière fois que j'ai vérifié, mais Frétille a essayé d'étrangler Duvette avec sa queue. C'était peut-être un accident, mais ce sont tes enfants, alors tout est possible.

— C'est mal que j'en sois fière ?

Elle ricane.

— Sans doute. J'imagine que nous devrions nous estimer heureux que Mordue et Vamp n'aient pas commencé à aspirer le sang de leur frère et leur sœur.

— La cérémonie des noms a toujours lieu ce soir ? nous coupe Caitlin. Sinon, je vote pour que tu nous dises enfin ceux que tu as choisis. Le suspense me tue.

Ce « tue » me rappelle les deux cadavres sous mes yeux.

— Pour commencer, vous allez nettoyer votre bazar, toutes les deux. Mettez ces deux-là à la morgue et les vêtements à laver. Je ne sais pas à qui appartient cette robe de chambre, mais ça m'étonnerait qu'il ou elle apprécie l'odeur.

— C'est la mienne ! s'écrie Lily, comme si elle venait tout juste de se rendre compte qu'un des corps portait son vêtement. Vous avez forcé mon placard ?

— Il n'était pas fermé, donc ce n'est pas une effraction, déclare Sophie.

Je pense que nous avons vraiment une mauvaise influence sur elle.

Lily soupire.

— Note à moi-même : verrouiller mon placard à partir de maintenant. Non, toute ma chambre. J'aurais dû savoir que c'était une mauvaise idée de la laisser ouverte, avec vous deux, les petites terreurs.

Sophie et Caitlin sourient, fières du compliment. Caitlin ne se plaint même pas d'être traitée de « petite ». À seize ans, elle est à un âge où elle refuse d'être considérée comme une enfant, et en même temps, elle ne peut s'empêcher de jouer avec Sophie. Malgré son éducation, elle a conservé une âme d'enfant que je n'ai jamais possédée.

— Je vais voir si les bébés ont faim, annoncé-je. Les filles, rangez l'entrée. Lily, assure-toi que la maison est sécurisée, pour le cas où Delaney déciderait de faire quelque chose de stupide. Et dis à Bethany de préparer un antidote pour du Jus du Chaos. Je ne pense pas qu'ils en aient à l'hôpital du coin.

— Kat ! m'appelle Gryphon depuis le salon. La maire voudrait te parler !

Je soupire. J'imagine que les bébés vont devoir attendre encore un peu avant de m'arracher les tétons.

Lady Lara a une voix fantastique au téléphone. Je l'imagine très bien travailler dans un centre d'appel et charmer sans peine les gens, en quelques mots, pour qu'ils achètent des produits inutiles.

— *Kat, je comptais vous appeler aujourd'hui. Êtes-vous disponible pour discuter ? J'ai besoin de votre opinion sur un certain sujet.*

Typique d'elle : aucune salutation, aucun bavardage. Une femme selon mon cœur.

— Je dois prendre une douche et me changer pour m'assurer

qu'il n'y a pas de poison sur mes vêtements, mais ensuite, je peux venir vous voir, oui.

— *Formidable. Disons dans deux heures ?*

— Vous voudriez me donner un indice ?

— *Pas par téléphone, non. Je vais informer la réception de votre venue.*

Elle raccroche sans un mot de plus. Je fixe le combiné, saisie autant de curiosité que de l'envie de m'asseoir quelques heures sur le canapé sans rien faire.

Quelque chose d'humide touche ma poitrine. Je baisse les yeux et remarque la tache sur mon sein droit. Génial, une fuite de lait, encore. Avec quatre bébés à nourrir, mes seins en produisent assez pour faire concurrence à une vache. Je le tire parfois dans des biberons pour quand je suis absente, mais en général, une fois que les enfants ont mangé à leur faim, il en reste rarement assez pour en tirer. Mes bébés sont insatiables.

Je me rends à la nurserie, à l'étage. Les trois filles dorment, blotties les unes contre les autres, mais Frétille est réveillé et me fixe de ses magnifiques yeux jaunes. Il me fait un peu penser à Ryker. Sauf la queue. Sous forme animale, celle de Ryker est épaisse et touffue, et quand il est humain… eh bien, il est toujours épais.

Je regrette qu'il ne soit pas encore rentré, pour que nous puissions continuer ce que nous avons interrompu tout à l'heure. Dans la douche, peut-être, puisque nous avons tous les deux besoin de nous laver.

Frétille tend les mains vers moi, et je le soulève, souriant en sentant sa queue s'enrouler immédiatement autour de mon bras. Il est tellement mignon. Je n'en reviens pas de les avoir considérés un jour comme des parasites. Maintenant, ce sont mes bébés, ma chair et mon sang. Ils n'apprendront jamais les circonstances de leur conception. Je leur dirai que leurs pères, ce sont mes hommes. La superfécondation expliquera pourquoi ils ne se ressemblent pas tous. Je dispose peut-être des mêmes capacités reproductrices que les chats, pour ce que j'en sais. Peut-être que mes ovules peuvent être fécondés par plusieurs mâles différents.

— Comment devrais-je t'appeler, petit ? marmonné-je en lui caressant la tête.

Ses cheveux noirs poussent peu à peu, de la même couleur que la fourrure de Duvette. Les jumelles ont des cheveux bruns tirant sur le roux et les yeux verts, tandis que ceux de Duvette sont d'un bleu océan lumineux. Ils avaient tous les yeux bleus à la naissance, mais, au bout de deux semaines, leurs iris ont commencé à changer.

Frétille miaule tout bas, et je remonte mon tee-shirt, dévoilant ma poitrine. Des petits bleus témoignent de la dernière fois que je les ai allaités. Que le Grand Chat dans le ciel soit loué, je guéris vite. Ça fait mal quand même, et j'envie toutes les mères humaines qui n'ont pas à se soucier des crocs.

Frétille tète avec avidité, accroché fermement avec ses petites mains. Je suis contente que ces bébés ne soient pas nés avec des griffes. Je m'assieds dans le fauteuil situé dans un coin de la pièce pour me mettre à l'aise. Ça va durer un moment.

Le temps d'arriver à la mairie, c'est la fin d'après-midi. Ryker est rentré avec les deux humains empoisonnés juste avant mon départ, portés par des hommes envoyés par la maire. Gryphon et Bethany les examinent à l'heure actuelle et Lily joue les babysitters. J'ai envoyé Benjamin à la villa pour récolter toutes les preuves qu'il pourra trouver, dans l'espoir que nous découvrions de nouvelles informations sur les Crocs.

Je n'ai pas eu le temps de prendre une douche avec Ryker, mais je lui ai indiqué sans ambiguïté que je le voulais dans mon lit ce soir. J'ai toujours mon hamac pour les jours où j'éprouve une soudaine nostalgie, mais la plupart du temps, je dors dans un lit avec un ou plusieurs gars.

Lennox est toujours occupé à chercher des bébés métamorphes. Il a noué de nombreux nouveaux contacts ces dernières semaines qui pourraient aussi nous aider avec d'autres problèmes. Cependant, le résultat de ses recherches reste maigre, pour ne pas dire inexistant. Tout ce qu'il a trouvé ou presque fait référence à des métamorphes lupins, dont le développement semble différent en fonction de la quantité d'ADN de métamorphe loup dans leur lignée. Les loups ont des compagnes qui leur sont destinées, mais pas toutes métamorphes. Lennox m'a raconté qu'il existait à présent des meutes ayant plus d'humains et d'hybrides incapables de se transformer que de loups purs. C'est une évolution stupide. Un jour, il n'y aura peut-être plus aucun métamorphe loup. Heureusement que nous, les chats, pouvons décider qui nous choisissons pour compagnons.

Lennox n'arrête pas d'affirmer qu'il est près du but, mais jusqu'à présent, toujours rien. Nous devrions peut-être accepter l'idée que nous ignorons comment les bébés se développeront tant qu'ils n'auront pas grandi et que nous ne l'aurons pas vu de nos propres yeux. Jusqu'à présent, ils ne nous ont donné aucune raison de nous inquiéter, mis à part pour mes tétons que Mordue et Vamp vont sans doute arracher un de ces jours. Voilà pourquoi, entre autres, Bethany essaie de synthétiser mon lait maternel. Pour l'instant, j'en ai assez pour eux quatre, mais ils grandissent vite, et je doute que mon corps suive le rythme de production. Je ne suis pas une vache laitière.

Le réceptionniste me fait signe, et j'entre dans l'ascenseur qui me conduit au dernier étage, où un garde m'attend. Je sais qu'il a été approuvé et formé par mes hommes. C'est l'une des tâches qu'ils ont effectuées en échange de l'aide de Lady Lara pour me retrouver. Au final, je me suis échappée sans leur concours, mais j'apprécie leurs efforts.

Le garde m'adresse un regard sévère, mais il est évident qu'il me reconnaît. Il hoche la tête et m'indique le bureau de la maire d'un signe du menton. J'entre sans frapper, parce que Lady Lara sait déjà que je suis là. Rien n'échappe à sa vigilance à la mairie. Elle a amélioré la sécurité depuis que j'ai failli mourir dans ce bureau même.

Je la découvre derrière sa table de travail, comme toujours, et pas le moins du monde surprise de me voir, comme je l'avais prédit. Son froncement de sourcils se mue en expression souriante et elle se lève en m'indiquant les deux fauteuils en cuir dans un coin. C'est le lieu des discussions informelles. Je rêve de dérober l'un de ces fauteuils pour chez moi.

— Je suis ravie de vous voir, Kat. À peine une heure de retard, je pense que c'est un record.

Elle sourit, pas du tout offensée. Elle a l'habitude, et en plus, j'avais vraiment besoin de cette douche après avoir nourri les bébés.

— Je nous ai commandé du thé et des biscuits. Je vous ai parlé de ma nouvelle cuisinière ? Elle prépare des biscuits au beurre et au citron que vous allez adorer.

Je me lèche les lèvres par avance. J'ai tout juste mangé un sandwich en vitesse, j'aurais bien besoin de quelque chose de plus substantiel. Cela dit, ces biscuits ont l'air délicieux.

Nous nous asseyons dans les fauteuils, encore plus confortables que dans mon souvenir, et nous observons en silence. Nous ne nous sommes revues que deux fois depuis mon retour à Attenburgh. La première, j'étais toujours alitée et un peu ailleurs. J'ignore de quoi nous avons parlé et même si j'ai réussi à tenir une véritable discussion. La seconde fois remonte à une semaine, quand elle est venue chez nous pour discuter de ses agents de sécurité avec les garçons. C'était mon travail, avant, mais ils s'en sont chargés en mon absence. Je n'ai pas encore essayé de reprendre la main là-dessus, même si c'était étrange d'avoir Lady Lara à notre QG, mais pas pour moi. Elle est tout de même venue discuter avec moi dans le bureau, mais aujourd'hui, il s'agit de notre première vraie rencontre.

Elle me dévisage comme si elle cherchait des signes de maladie ou de vulnérabilité. Je fais de mon mieux pour avoir l'air réveillée, même si je suis épuisée et que je préférerais être sur mon canapé à la maison, et je lui rends son regard. Est-ce un cheveu gris que j'aperçois derrière son oreille droite ? Peut-être que ce n'est qu'un reflet. Ses cheveux noirs sont parfaitement coiffés, comme à son habitude, et brillent autant que sa peau couleur ébène. C'est la crème qu'elle doit utiliser sur son visage qui la fait scintiller comme une licorne. Enfin, j'exagère un peu, mais j'aime à croire qu'elle n'est pas totalement humaine. Elle est trop maligne et puissante pour être une simple humaine.

— La vue vous plaît ? demande-t-elle.

Bien que tentée de répondre oui, je m'abstiens, préférant éviter le flirt.

— Pourquoi m'avez-vous fait venir ? répliqué-je à la place.

Parler travail est toujours plus sûr avec elle. En sa présence, je ne sais jamais trop quoi penser. Je l'admire en tant que femme, que politicienne, et je ne peux nier qu'elle est superbe. En plus d'être intelligente, sournoise et courageuse. Toutes les qualités que je rechercherais chez une amie. Non pas que mes amis aient besoin d'être beaux. Et en même temps, avoir un canon sous les yeux pendant nos rendez-vous professionnels est plutôt agréable.

— Attendons que notre thé arrive. Je ne veux pas que quelqu'un puisse surprendre notre conversation.

— Vous savez comment entretenir le suspense. Je vais être déçue, s'il s'agit d'un ennuyeux sujet politique.

— Pas de politique, je vous le promets. Du moins, pas comme vous le pensez. Au final, tout est politique. Même quand vous faites votre *travail*, c'est de la politique.

— Comment ça ?

— Vous décidez qui vit et qui meurt. Vous pouvez choisir d'accepter ou non un contrat, ce qui signifie que votre décision influence la vie des autres.

— Faire des choix, ce n'est pas de la politique. Je me fiche des conséquences. Tout ce qui m'intéresse, c'est l'argent.

Elle hausse un de ses sourcils parfaitement épilés. Quand trouve-t-elle le temps de se rendre dans un salon de beauté ? À moins que son esthéticienne et sa coiffeuse ne viennent lui rendre visite ici ? Si c'est le cas, je ferais mieux de m'assurer qu'elles ont été approuvées et ne mettent personne en danger.

— Je n'y crois pas. Je pensais que nous avions accepté de ne pas nous mentir ?

Je hausse les épaules.

— Ce n'est pas un mensonge, si on y croit soi-même. Ou qu'on essaie.

Elle me sourit avec chaleur.

— Vous êtes une meilleure personne que vous le pensez, Kat. Mais ne vous en faites pas, ce secret sera bien gardé avec moi. Ce serait mauvais pour les affaires, sinon.

Un coup sur la porte interrompt notre conversation. Une serveuse place un plateau sur la petite table entre nos fauteuils et s'en va en refermant derrière elle.

Avec une lenteur qui érode ma patience, la maire nous sert du thé, puis pose un biscuit sur chacune de nos soucoupes. La fine poterie élégante se casserait trop facilement, chez moi.

Quand Lady Lara me tend ma tasse, je la lui arrache presque des mains.

— Dites-le-moi. Tout de suite.

Elle sourit, narquoise, puis s'adosse à son fauteuil et sirote son thé. Elle veut ma mort.

— Vous devriez essayer la méditation, commente-t-elle en toute innocence. La pleine conscience aide à contrôler son tempérament.

— Je n'ai pas de tempérament, grogné-je.

— Bien sûr que si.

Elle lève les yeux au ciel d'une façon indigne d'une maire, puis repose sa tasse sur la table et fourrage dans sa poche de poitrine. J'essaie de ne pas fixer ses seins, même s'ils se pressent contre son chemisier azur, tout aussi parfaits que le reste de sa personne.

Qu'est-ce qui cloche chez moi ? Je suis de nouveau en chaleur ? Je ne devrais pas mater quelqu'un d'autre que mes trois gars, encore moins la maire d'Attenburgh.

Elle tend la main, et je me détourne de ses nibards pour voir ce qu'elle me montre.

Sur sa paume est posée une pièce en bronze très familière.

— Merde.

CHAPITRE 7

Je joue avec la pièce, observant le symbole gravé dans le métal. Un carré avec un trait vertical en son centre, comme un coup de couteau. Si j'ignore la signification du symbole, je sais à qui appartient la pièce.

Les Crocs.

J'ai essayé d'oublier leur existence. Je n'ai eu aucun problème avec eux depuis mon emménagement à Attenburgh, ou si c'est le cas, j'ignorais que les gens auxquels j'avais affaire étaient des Crocs. J'espérais ne plus jamais être mêlée à eux.

— Vous l'avez reconnue, commente tranquillement Lady Lara.

— Oui. Ils ont empoisonné des enfants métamorphes dans ma ville natale. Enfin, pas eux-mêmes, mais ils ont convaincu des gens de le faire à leur place. Nous avons trouvé une pièce comme celle-ci en fouillant un laboratoire. Ils ont mis du poison dans des bonbons qui n'affectait que les enfants avec des gènes métamorphes. Nous avons réussi à distribuer un antidote, mais trop tard pour certains.

Comme pour la petite fille de l'Homme Mystère, par exemple. Même si je sais à présent qu'il n'était pas le bienfaiteur que je pensais, je me sens toujours triste de la mort de la petite fille. Bien qu'il m'ait trompée toute ma vie, je suis toujours capable d'empathie envers ses proches, surtout une métamorphe comme moi.

— Je me souviens, vous m'en avez parlé un jour. C'est horrible, mais pas surprenant de leur part. D'après le peu que j'ai appris sur leur organisation, ils tentent d'éliminer toute personne menaçant leur pouvoir. Les métamorphes ne sont pas aussi facilement influencés par leur pouvoir que les humains, donc vous constituez la plus grande menace. Malgré tout, prendre des enfants pour cible… c'est abominable.

— Où avez-vous trouvé cette pièce ?

— Sur une femme assassinée. La sixième personne retrouvée morte dans cette partie de la ville depuis un peu plus d'un mois. Quatre femmes, deux hommes. Tous avaient une pièce des Crocs sur la poitrine. J'ai appelé Benjamin à l'époque où vous étiez en train de rentrer chez vous, mais je présume qu'il n'a rien dit ?

Je secoue la tête.

— Mon arrivée à moitié morte et en compagnie de quatre bébés a dû être trop choquante pour qu'il s'en souvienne.

— Oui, je vois très bien. J'ai tenté de vous donner du temps et d'impliquer la police, mais ils n'avancent pas. En outre, je ne peux pas leur parler des Crocs ou des sirens. Je suis sûre qu'il y a des sirens au sein des forces de police, même si la plupart des agents sont humains et ignorent que le monde surnaturel existe.

— Donc vous voulez que je trouve le meurtrier.

Elle opine.

— En effet. La police n'a même pas été capable de trouver un lien entre les victimes ou de déterminer si elles ont été ciblées au hasard. Le seul dénominateur commun, c'est qu'elles ont été tuées dans un périmètre de moins d'un kilomètre autour de ce bâtiment. Je pense qu'il s'agit d'un message à mon intention. Ils n'auraient pas laissé ces pièces des Crocs sur les corps, autrement.

— Avez-vous reçu des courriers étranges ? Des appels ? Rien qui ne soit lié à ça ?

— Non, rien qui sorte de l'ordinaire. Personne ne m'a contactée à ce sujet. S'ils essaient de me dire quelque chose, je ne comprends pas quoi.

Je sirote mon thé, puis y plonge mon biscuit au citron. C'est tout un art. Il faut le laisser dans le liquide chaud juste le temps que le biscuit ramollisse, mais pas trop, pour qu'il ne se désagrège pas sous peine de nous retrouver avec des miettes au fond de la tasse. Tout est une question de patience et d'expérience. Je pense qu'il faudrait l'intégrer à toute formation d'assassin. Tremper des biscuits ressemble presque à enfoncer un couteau dans la poitrine de quelqu'un dans l'intention de lui laisser la vie sauve. Avoir une lame entre deux côtes constitue une bonne motivation pour parler.

— Une idée de ce qu'ils trament ? me demande Lady Lara. Vous savez s'ils ont déjà fait ça avant ?

— Non, la seule fois où j'ai été en contact avec eux, c'était lors de l'affaire de l'empoisonnement. Mes sœurs en savent peut-être plus. Ivy et Quatre en connaissaient déjà un bout sur les Crocs à notre première rencontre, mais je ne leur ai jamais demandé pourquoi. Ça n'avait plus d'importance après que je les ai laissées pour qu'elles puissent fréquenter l'école et avoir une vie légèrement normale.

Lady Lara pouffe.

— Je me demande quelle est votre définition d'une vie normale.

— Une dans laquelle on n'est pas victime d'expérimentations, où on ne tue pas les autres et où on ne dépend pas de larcins pour vivre, répliqué-je immédiatement.

— C'est assez triste, vous savez ? La plupart des gens auraient répondu autre chose.

Je hausse les épaules.

— Je ne suis pas comme la plupart des gens. Mais revenons-en aux meurtres. Les corps sont toujours par là ?

— Oui, j'ai demandé à la police de les conserver dans la morgue. Certaines familles m'ont écrit pour que je les leur rende afin d'organiser les funérailles, mais je voulais attendre que vous soyez suffisamment rétablies pour y jeter un œil. Je vais informer le chef de la police que quelqu'un viendra inspecter les corps.

Moi, dans un poste de police. C'est une première.

— Faites en sorte qu'il n'y ait personne à la morgue avec nous. Je vais peut-être devoir me transformer pour trouver des preuves.

— Bien sûr. Je vous accompagnerai. Je veux vous voir à l'œuvre.

— Vous n'avez pas mieux à faire ? Comme diriger la ville ?

Elle claque sa langue à plusieurs reprises.

— Je ne dirige rien. Je m'assure que tout fonctionne comme c'est censé le faire, en donnant quelques incitations dans la bonne direction.

— C'est ça. Et moi, je suis une personne merveilleuse qui donne aux gens une incitation en direction… De la mort.

Je lève les yeux au ciel.

— Vous êtes une dirigeante, sans conteste. Vous suintez l'autorité par chaque pore de votre peau. Je comprendrais votre objection si je vous avais traitée de dictateur, mais ce n'est pas ce que j'ai dit.

— Cette ville dispose d'un conseil municipal, me tance-t-elle. Je suis juste la figure de proue connue. Je ne peux pas prendre toutes les décisions toute seule. Comme vous l'avez dit, ce n'est pas une dictature. Mais ce n'était pas le sujet de notre conversation. Je me joindrai à vous à la morgue. Je demanderai également à l'un de mes gardes de vous montrer les scènes de crime. Bien sûr, la police les a déjà toutes inspectées, mais je présume que vos méthodes diffèrent.

Je ne peux ravaler un rire.

— En effet. Énormément. Ne soyez pas surprise si vous remarquez plus de chats que d'habitude dans le coin. Ils aiment se sentir investis.

Elle hausse les épaules.

— Si l'un d'eux veut venir se faire câliner ici, c'est avec plaisir.

Le chat de ma grand-mère s'allongeait sur mes pieds en hiver. C'était très agréable.

Je ne lui demande pas si je peux être son chat, alors que l'idée de m'enrouler autour d'elle me remplit de chaleur et de bien-être. J'inspire profondément et remarque tout à coup un détail qui m'avait échappé jusque-là.

— Vous avez vos règles ?

Elle pousse une exclamation.

— Quoi ?

— Vos règles. Vous savez, les rivières pourpres. Du sang qui coule de votre vagin. Des jours de douleur. Ça vous parle ?

— Pourquoi vous…

Elle soupire.

— Je ne veux même pas savoir pourquoi vous me posez cette question. Oui. Vous êtes contente ?

Ceci explique ma soudaine attirance pour elle. Ça doit être les phéromones qui me tournent la tête. Je souris, soulagée. Pas la peine de m'inquiéter de devoir partager mon cœur en quatre au lieu de trois. C'est juste son corps qui perturbe le mien. Ce sera terminé la prochaine fois que nous nous verrons. J'espère.

— Est-ce que toutes les victimes avaient une pièce des Crocs ? demandé-je pour rapidement changer de sujet.

— Oui. Je l'ignorais, au début. La police ne m'en a parlé qu'après la deuxième victime. Ils ne savaient pas ce que c'était.

— Vous le leur avez dit ?

— Bien sûr que non. Je ne souhaite pas impliquer la police dans une organisation criminelle dirigée par des sirens qui veulent conquérir le monde.

J'éclate de rire.

— Certaines personnes diraient que c'est précisément le rôle de la police.

— Certaines personnes sont des imbéciles. Mieux vaut que ce soient des agents qui agissent à l'écart des lois, comme vous et *M.I.A.O.U.* Laissez juste une ou deux personnes en vie pour que la police puisse les arrêter et avoir l'impression d'avoir accompli quelque chose de bien.

Je suis un peu surprise de son discours, mais j'imagine que je ne sais toujours pas grand-chose sur elle et sa façon de gérer ses affaires. J'aurais dû me douter qu'elle cachait certaines choses.

— Demain 10 heures à la morgue, ça vous va ? propose-t-elle.

— 10 heures du matin ou du soir ?

Lady Lara pouffe.

— Je sais que votre emploi du temps diffère légèrement du mien, mais j'essaie d'être rentrée chez moi, à 22 heures. Vous avez besoin d'autres informations avant que nous nous rendions là-bas ?

— Vous avez des dossiers sur les victimes ?

Elle opine et indique son bureau du menton.

— Ils n'attendaient que vous. Des copies des rapports de police, donc ça devrait être assez complet. Encore une fois, comme je vous l'ai déjà dit, ils n'ont pas réussi à établir de lien, mais vous serez en mesure de repérer ce qu'ils ont manqué. Tenez-moi au courant de vos découvertes.

Elle se lève, indiquant clairement que notre réunion est terminée.

— Demain, 10 heures ?

Je soupire et chipe deux biscuits supplémentaires.

— J'imagine que oui.

De retour chez moi, je découvre Bethany, qui m'attend. Elle me laisse à peine le temps de retirer mes bottes avant de m'assaillir de paroles.

— Je leur ai donné l'antidote et le gars s'est réveillé. Il a beaucoup de choses à te dire, mais je lui ai déjà demandé un résumé. Ils ont été enlevés par des malfrats masqués il y a une semaine et retenus en otage depuis. Ils sont mari et femme, et tu n'en reviendras pas quand tu sauras qui ils sont. J'en suis toujours sur le cul, d'autant plus que j'ignorais qu'ils avaient disparu.

Je lève la main.

— Ralentis. Qui sont-ils ?

Elle sourit.

— Je pense que je vais garder cette information pour moi pour l'instant, afin d'accroître le suspense.

J'ai dégainé mon couteau et l'ai plaqué contre sa gorge en moins d'une seconde.

— Je suis impatiente, aujourd'hui. Parle.

Elle s'éloigne d'un pas et me lance un regard exaspéré.

— La violence ne résout rien, Kat, tu devrais le savoir, depuis le temps. Mais très bien. Ce sont les MacFay. Ces MacFay-*là*.

Je ne saisis pas son excitation, en grande partie parce que je n'ai pas la moindre idée de qui elle parle.

— Ça me dit quelque chose, répliqué-je, évasive. C'est qui, déjà ?

— Oh la vache, tu n'en as pas la moindre idée, hein ? Tu devrais t'intéresser davantage aux ragots de la ville, c'est fascinant.

— Qui sont ces gens ? grogné-je.

— Juste les deux plus riches personnes d'Attenburgh. Ils étaient présents au bal de la Guilde des Joailliers, où tu t'es rendue avant ton kidnapping. Ils donnent beaucoup aux œuvres de bienfaisance et, pour ce que j'en sais, sont des alliés de la maire. Lady MacFay est au conseil municipal, et lui dirige une chaîne de restaurants. Ils sont présents à tous les événements de la haute société, et pas seulement à Attenburgh. Ils sont blindés, Kat. Tu crois qu'ils nous donneront une récompense pour les avoir sauvés ?

— J'espère bien. Combien vaut ton antidote, d'après toi ? Mille darems ?

Elle m'adresse un sourire diabolique.

— Au minimum, oui. En outre, nous avons dû les ramener ici. Les frais de transport sont élevés, de nos jours.

— Tout à fait. Évitons de mentionner que c'est la maire qui les a payés.

— Oui, oublions ça. Tu veux aller les voir ? Je pense qu'il est loin de m'avoir tout dit.

— Parce qu'il n'a pas confiance en toi ou parce qu'il a besoin d'un peu de torture ?

Elle hausse les épaules.

— Parce que je ne suis pas la patronne. C'est toi qui détiens l'autorité. Je ne suis qu'une humble servante.

Ha ha. Je le lui rappellerai. Une humble servante. Elle en entendra parler toute sa vie.

J'accroche mon manteau et range certaines armes dans l'armurerie de fortune. Je conserve toujours deux couteaux sur moi au moins, surtout depuis l'attaque de la maison, mais j'ai aussi envie de me mettre à l'aise.

— Je vais faire du thé, propose Bethany.

Ouah, il a dû lui arriver quelque chose. Elle n'est jamais gentille, à moins d'y trouver son intérêt. Peut-être qu'elle ne va préparer du thé que pour elle, pas pour moi. Ce serait plus logique.

Avant de descendre dans la partie de la morgue récemment transformée en salle de soins – surtout pour moi, mais ça s'avère pratique en ce moment –, je vais voir qui d'autre est présent dans la maison. Benjamin se trouve dans sa chambre, en compagnie de la biche. Je souris. Je me demande ce qu'ils font. J'aurais cru que l'animal voudrait retourner dans la nature, mais il semble heureux de se faire gâter par Benjamin. J'irai voir ce dernier plus tard pour savoir s'il a découvert quelque chose d'intéressant au manoir des Delaney.

Il y a des chats partout dans la maison, qui dorment dans tous les coins et recoins que seuls des félins peuvent trouver. Ryker est en haut, avec ma portée, mais il n'y a nulle trace de Gryphon ou

Lennox. Lily se trouve dans le bureau. J'espère qu'elle s'occupe de la paperasse que j'ai négligée. Mes sœurs sont absentes ; il me semble les avoir entendues parler de shopping, après qu'elles avaient enlevé les deux corps de l'entrée. J'ai beau détester faire les magasins, je regrette de ne pas passer de temps avec elles.

Je m'étire le dos et fais rouler mes épaules. L'exercice de la matinée m'a fait du bien, mais a aussi révélé combien je manquais d'entraînement récemment. Je devrais aller courir ce soir, peut-être avec les gars, et chercher un petit coin romantique sous le clair de lune pour un peu d'amusement tous ensemble. Enfin, je crois que Ryker veut discuter. Je soupire. Je n'ai pas envie de parler. Je veux qu'ils se mettent nus et me prennent jusqu'à ce que j'oublie tout ce qui m'est arrivé.

— Le thé est prêt ! annonce Bethany depuis la cuisine.

Elle a préparé un plateau avec trois tasses, pour que je l'apporte en bas. Je lui lance un regard sceptique, auquel elle répond d'un sourire diabolique.

— Agrémenté de Lait de la Mère. Ça devrait les aider à parler. Il n'y a rien dans la tasse verte.

Je renifle, juste pour être sûre. Le Lait de la Mère, une potion qui délie la langue et désinhibe, est difficile à détecter, mais mes sens félins sont suffisamment aiguisés pour que je perçoive la trace de vanille dans les deux tasses bleues. Si ce n'est pas une véritable potion de vérité, puisque celles-ci n'existent pas, elles encouragent les gens à parler. Bethany a dû avoir du mal à soutirer des informations aux MacFay, si elle utilise le Lait de la Mère.

Je saisis le plateau et enfile mon masque impassible et indéchiffrable d'assassin.

Il est temps d'aller papoter avec nos invités.

CHAPITRE 8

Lord MacFay me fusille du regard quand j'entre dans la pièce. Il s'est rasé et semble déjà un peu moins émacié, bien qu'il ait besoin du mur pour rester droit. Une pile d'assiettes usagées témoigne de toute la nourriture que sa femme et lui ont dû avaler. C'est l'un des effets secondaires du sevrage au Jus du Chaos. Il rend vorace, à tel point que les victimes tentent de dévorer leur propre chair si on ne leur donne pas à manger. Gryphon leur a injecté un produit en perfusion pour les aider à reprendre des forces au plus vite. Malgré tout, il leur faudra quelques semaines pour reprendre leur poids précédent. Lord MacFay va devoir faire pas mal d'exercice pour retrouver ses muscles, bien plus affectés par le poison que la masse graisseuse.

Lady MacFay lève la tête, mais elle a les yeux vitreux. Quelqu'un lui a donné un bonnet en laine pour couvrir son crâne rasé, cependant, ses joues creuses et ses membres squelettiques sont toujours visibles. Elle ne pourra pas fréquenter la haute société avant un très long moment.

— Je m'appelle Kat Feln, me présenté-je de ma voix professionnelle. Vous êtes ici chez moi.

— Je vous ordonne de nous libérer immédiatement, aboie

MacFay, dont l'autorité est sapée par son chancellement quand il tente de se redresser.

Il s'affale rapidement contre le mur en masquant sa faiblesse.

Je lui indique la porte.

— Vous pouvez partir quand bon vous semble, mais je doute que vous alliez très loin dans votre état actuel. Nous vous avons sauvés et nous ferons tout notre possible pour vous aider à guérir. Vous avez déjà rencontré Bethany, l'une des meilleures spécialistes en poison du pays. Gryphon, le médecin qui vous a examiné à votre arrivée ici, est aussi un expert dans tout ce qui a un lien avec les empoisonnements. Vous ne pourriez pas être entre de meilleures mains. La maire elle-même a veillé à ce que vous soyez conduits ici plutôt qu'à l'hôpital.

— La maire ? répète-t-il, sceptique. Vous la connaissez ?

— Je suis sa consultante spéciale, expliqué-je.

Je prends beaucoup de plaisir à voir sa stupéfaction s'afficher sur son visage.

— J'ai d'abord été son garde du corps et j'ai amélioré la sécurité de la mairie et de sa maison également. Comme je vous l'ai dit, vous êtes au meilleur endroit possible pour vous.

Il grogne et perd toute son attitude bravache. Il ne reste qu'un homme faible et torturé.

— Toutes mes excuses, je vous ai mal jugée. Cet endroit possède-t-il une technologie anti-sirens ?

Je tente de masquer ma surprise, mais je doute d'y être parvenue.

— Vous connaissez les sirens ?

Il souffle.

— C'est comme ça que nous nous sommes retrouvés prisonniers de Delaney. J'ai entendu des rumeurs à son sujet et son implication dans une organisation clandestine, donc nous sommes allés le défier. Je ne m'attendais pas à ce qu'il nous agresse et nous retienne prisonniers.

La fierté est ce qui cause notre ruine à tous. MacFay a dû

croire que sa femme et lui étaient trop importants et trop connus pour se faire attaquer.

Je pose le plateau sur un chariot métallique entre les deux lits et m'empare de la tasse verte. Je ne pense pas qu'ils aient besoin du Lait de la Mère pour parler, mais ça ne leur fera aucun mal. Ça les aidera peut-être même à se détendre un peu.

— Dorothy, veux-tu du thé ? demande-t-il à sa femme, d'une voix à la fois chaleureuse et inquiète.

Il l'aime sincèrement, c'est évident à cette simple interaction.

Elle hoche la tête et tente de se redresser, en vain. Je l'aide en glissant des coussins derrière son dos, tout en m'agaçant mentalement de ma gentillesse. Je m'adoucis. Je ne vais quand même pas jusqu'à tenir la tasse contre ses lèvres. Si elle ne peut pas boire toute seule, ce sera à son mari de l'aider. Je ne suis pas infirmière.

Je les laisse déguster un peu de thé en silence, attendant que le Lait de la Mère agisse. Les joues de Dorothy se parent de rose pâle, ce qui lui donne un peu moins l'apparence d'un fantôme et un peu plus celle d'un être humain.

— Comment avez-vous découvert l'existence des sirens ? demandé-je au bout de quelques minutes.

Lord MacFay se racle la gorge, soudain mal à l'aise.

— Avez-vous déjà croisé Peter Tamari ?

Je hoche la tête.

— Cicatrice sous l'œil, richesse obscène, qui travaille pour les Delaney ?

— C'est lui. Il est mort il y a quelques mois dans des circonstances mystérieuses. Il me devait de l'argent, alors j'ai enquêté pour savoir si je pouvais en prendre un peu sur l'héritage de sa fille. Je ne me souviens pas beaucoup de cette visite, qui est le point de départ de toute cette histoire.

— Il était confus, à son retour, intervient Lady MacFay d'une voix rocailleuse à peine intelligible. Comme si quelqu'un lui avait retourné le cerveau.

— Elle voulait que je consulte un médecin, explique-t-il en indiquant sa femme, mais je savais que tout allait bien chez moi. J'ai fait appel à mes contacts, qui ont évoqué des situations très étranges et très similaires avec Tamari. Il passait des accords avec des gens qui plus tard ne se souvenaient pas de ce qu'ils avaient accepté. Il s'est élevé dans la société à partir de rien, sans la moindre compétence et sans être particulièrement charmeur. C'était suspect, donc j'ai creusé de plus en plus, jusqu'à tomber sur une théorie conspirationniste évoquant des êtres surnaturels vivant parmi nous. Des sirens capables d'ensorceler les gens avec leur voix.

— Ça nous a paru ridicule, au début, mais à force d'entendre la même chose à plusieurs reprises, c'est devenu plus clair, ajoute Dorothy.

J'aimerais qu'elle arrête de parler, on dirait qu'elle se torture à chaque mot. Mais une nouvelle fois, je ne suis pas son infirmière.

— Une fois que nous avons compris ce qu'étaient les Tamari, nous avons fait le lien avec d'autres familles, y compris les Delaney. Tous sont beaux, riches, influents. Certains sont puissants depuis des générations, d'autres arrivent de nulle part. Cela nous a pris des mois, mais nous sommes parvenus à dresser une liste incroyablement longue de sirens potentiels. Puis l'un des détectives privés que nous avons engagés a été retrouvé mort avec une étrange pièce dans la bouche, à l'endroit où se trouvait sa langue autrefois.

Je sors de ma poche la pièce des Crocs que Lady Lara m'a donnée.

— Comme celle-ci ?

MacFay opine en fixant le bout de bronze avec haine.

— C'est comme ça que nous avons entendu parler des Crocs. Que savez-vous d'eux ?

— Qu'ils sont puissants, mais pas qui en fait partie, déclaré-je, surprise par mon honnêteté.

— C'est exact. Nous avons dépensé beaucoup de ressources

pour cette enquête, pour n'aboutir au final qu'à une liste de cinq noms de membres potentiels. Lord Delaney se trouvait au sommet, alors nous sommes allés l'affronter.

— C'était très stupide, vous n'êtes que des humains.

Il écarquille les yeux.

— Vous dites ça comme si vous n'en étiez pas une.

— Je ne suis pas une siren, si c'est ce qui vous effraie.

Aucun des deux n'a l'air rassuré par la nouvelle.

— Êtes-vous… un loup-garou ? souffle Dorothy.

Je souris.

— Non. Mais vous devez savoir que les humains ne sont pas seuls sur cette planète.

— Des vampires ? demande-t-elle, les yeux écarquillés.

— Non, ils n'existent pas. Enfin, en quelque sorte, mais concentrons-nous sur le plus important.

Je repense à ce que Gryphon m'a dit sur les vampires, une sous-espèce de succubes qui se nourrit d'un tas de choses, pas seulement de sang. C'était à un stade avancé de ma grossesse, à un moment où j'avais mordu mon siren. Ce devait être Vamp ou Mordue qui m'avait poussée à faire ça. Depuis ce jour-là, je n'ai pas éprouvé le besoin de croquer mes compagnons.

— Quand vous nous avez délivrés des Delaney, vous les avez capturés ? demande Lord MacFay. Je n'arrive pas à me souvenir si j'ai eu le temps de les confronter et de leur poser les questions que je voulais.

— Il n'y avait que Lady Delaney. Elle n'est pas une siren à part entière, donc vous avez dû croiser son mari à votre arrivée. Elle n'aurait pas eu le pouvoir nécessaire pour vous maîtriser.

— Je l'ignorais. Mais ça n'a pas d'importance, elle n'est pas impliquée dans les Crocs.

Je hausse un sourcil.

— Qu'est-ce que vous en savez ?

— Ils sont misogynes, répond Dorothy à la place de son mari.

Même brisée, sa voix est désapprobatrice.

— Ils n'aiment pas que des femmes occupent des postes de pouvoir.

— D'où leur haine contre la maire, marmonné-je. Elle connaît les sirens, elle est pour la démocratie, elle veut aider les pauvres *et* c'est une femme. Elle incarne tout ce qu'ils détestent.

Elle opine.

— Et c'est justement pour ça que nous la soutenons. Attenburgh avait besoin de quelqu'un comme elle depuis longtemps.

— Avez-vous capturé Lady Delaney ? demande son mari avec impatience.

— Euh… non. Elle est morte.

— Mais…

— Elle a tenté de me tuer, le coupé-je froidement. C'était de la légitime défense. En plus, ils vous ont empoisonnés tous les deux et elle vous aurait regardés mourir de faim. Vous ne devriez pas avoir de compassion pour elle.

— Ce n'est pas le cas, mais elle devait posséder des informations dont nous avons besoin. Elles seront plus difficiles à soutirer à Lord Delaney. Maintenant que sa femme est morte, il va se terrer pendant un moment.

— Ne vous en faites pas, déterrer les gens est mon domaine. J'ai des informateurs dans toute la ville qui le cherchent à la trace.

Par « informateurs », je parle bien sûr des chats, mais je ne vais pas lui révéler mon réseau secret d'espions félins. C'est ma plus belle réussite, et moins il y a de personnes au courant, mieux c'est. En outre, cela mènerait à la révélation de ma nature de métamorphe et je n'ai pas le temps pour ça.

— Pouvez-vous me dire autre chose sur les Crocs ?

Lord MacFay pousse un long soupir.

— Ils prévoient quelque chose d'important, c'est tout ce que je sais. J'imagine que ça a un lien avec la maire, puisqu'elle est la plus grosse épine dans leur pied, mais je n'ai aucune preuve. D'après les rumeurs en tout cas, ça devrait arriver bientôt.

Les meurtres autour de la mairie doivent être le début. Je vais suggérer à Lady Lara d'augmenter sa sécurité personnelle, même si je pense qu'elle s'en est déjà chargée. Elle est maligne.

Je me lève et récupère leurs tasses comme une adorable femme attentionnée.

— Très bien. Je vous laisse vous reposer. Si vous repensez à autre chose, dites-le à n'importe qui, ils me mettront au parfum. Vous devriez rester quelques jours ici, le temps que nous nous assurions que le poison a totalement disparu de votre sang.

— Pourrions-nous avoir des livres ? murmure Dorothy. Le temps va nous sembler long.

— Oui, bien sûr. Je vais demander à Bethany de vous en apporter quelques-uns.

Je me tourne vers Lord MacFay.

— Et je vais vous apporter de quoi écrire pour que vous me notiez la liste de tous les membres des Crocs et les sirens que vous avez découverts. Considérez ça comme votre paiement pour votre séjour ici.

Benjamin m'accule lorsque je remonte.

— On fait toujours la cérémonie des noms ce soir ?

J'aimerais refuser, puisque j'ai bien trop de choses à l'esprit ; cela dit, ma portée devrait passer en premier, n'est-ce pas ? Lily a raison sur ce point, les bébés ont besoin de meilleurs noms que les actuels. Je voulais faire de cette cérémonie un moment spécial, mais, une nouvelle fois, les sirens ont gâché mes plans. Encore une raison de m'assurer que cette ville s'en débarrasse pour toujours. À l'exception de Gryphon et de tous les *gentils* sirens, bien sûr.

— Oui, bien sûr. Rendez-vous au coucher du soleil ?

Cela me laissera environ deux heures pour trouver des noms et gérer le reste.

— Comme c'est romantique. Je le dis aux autres.

Je le retiens par le bras alors qu'il s'apprête à partir.

— Tu as découvert des choses intéressantes chez Delaney ?

— Un sac entier de pièces des Crocs. Ils devaient les distribuer. Et aussi des tas de lettres cachées sous une planche du parquet.

— Comme c'est prévisible.

— Oui, j'étais déçu. Je n'ai pas encore eu le temps de les parcourir, mais je présume qu'elles sont importantes, si elles étaient dissimulées ?

— Tu peux me les donner. Je dois nourrir les bébés, alors ça m'occupera pendant qu'ils détruiront mes seins.

Une légère rougeur lui monte aux joues. Me voir allaiter ne pose de souci à aucun des autres, mais il est encore trop proche de la puberté pour que cela lui paraisse naturel. Les femmes le font pourtant depuis que nous avons rampé hors de la mer et sommes devenues des mammifères, donc les hommes ne devraient pas avoir de problème avec ça. Ils ont de la chance que leurs mamelons ne soient pas torturés par des bouches affamées plusieurs fois par jour.

— Je te les apporte en haut, me promet-il. Puis j'irai parler de la cérémonie aux autres. Bethany a parié sur les noms que tu choisirais.

— Ah oui ?

J'éclate de rire.

— Je ferais mieux de parier à mon tour, alors.

— Je ne suis pas sûr que tu aies le droit…, commence-t-il, mais je le coupe d'un rire.

— Ma maison, mes règles, mon argent. Maintenant, va me chercher ces lettres. Oh, et apporte de quoi écrire à notre invité. Je serai à la nurserie en train de nourrir les bébés.

Son rougissement s'accentue à l'idée d'entrer dans cette pièce tandis que j'aurais les seins à l'air. Il détale plus vite que jamais.

Ah, comme taquiner mes employés est drôle.

CHAPITRE 9

Frétille a enroulé sa queue autour du cou de Mordue, même si ça a l'air plus amical qu'une volonté d'étranglement. Malgré tout, je les sépare et plaque Frétille contre ma poitrine pour l'encourager à manger. Je commence toujours par Duvette ou lui, laissant les bébés aux dents longues pour la fin. C'est un peu moins douloureux ainsi, même si Duvette se met à mordre fort, même sans dents.

Mon fils enroule sa queue autour de mon avant-bras et se met à sucer joyeusement. Je lui souris. Une sensation de chaleur agréable menace d'exploser dans ma poitrine. Je ne sais pas comment leur montrer tout l'amour que j'éprouve pour eux tous. Il est trop grand pour l'exprimer avec des mots, même si j'avais été douée pour parler. Les émotions m'ont toujours rendue confuse, en particulier *mes* émotions.

Benjamin m'apporte le tas de lettres maintenues par une fine cordelette juste au moment où Frétille a terminé de dîner. Il s'endort dès que je le détache de mon sein et ronfle joyeusement en suçotant le bout de sa queue. Je l'échange avec Duvette, qui est bien réveillée et tente de me dire quelque chose dans son babillage de bébé. Elle sera bavarde, plus tard. Peut-être qu'elle

87

deviendra une grande communicante comme Lady Lara et dirigera la ville avec des mots plutôt que des armes.

Benjamin fuit la pièce dès qu'il m'a tendu son butin, rouge comme une tomate et sans voix. Un agréable changement. Je l'avoue, j'ai exhibé mes seins volontairement.

Tandis que Duvette boit à sa faim, j'ouvre la première lettre. Adressée à Delaney, elle est écrite dans une sorte de code. Je pourrais probablement le déchiffrer si j'avais un peu de temps, mais pour l'heure, j'ai un bébé affamé qui tète et mon cerveau n'est pas au top de sa forme. La deuxième lettre, par chance, ne comporte aucun code. C'est un mot de remerciement à Delaney pour une donation quelconque. D'argent, je présume ? Il est signé D.M., ce qui ne me dit rien. Je croiserai les initiales tout à l'heure avec la liste que Lord MacFay est en train de rédiger. Peut-être qu'il y aura une correspondance.

Le troisième bout de papier comporte une série d'adresses. Dans un monde idéal, il s'agirait des habitations de tous les membres des Crocs, mais je doute d'avoir autant de chance. Rien n'indique ce que peuvent être ces adresses, donc nous n'avons pas d'autre choix que de les explorer une à une. Je pourrais peut-être mettre des chats sur le coup. Ryker a enseigné à ceux de confiance comment lire une carte, donc il devrait pouvoir leur indiquer où se rendre. Après tout, ils ne peuvent pas lire les panneaux de rues ou les numéros de maisons.

Un miaou m'interrompt dans ma tâche, et je lève la tête, surprise de découvrir Citrouille. Je ne l'ai pas vu depuis longtemps. Ryker m'a expliqué qu'il était occupé avec la gestion de son propre groupe de jeunes chats. Il s'est transformé en mini-Ryker, protégeant ses camarades félins ayant besoin d'un foyer sûr.

— Coucou, petit. Tu viens voir les bébés ?

Il miaule à nouveau et saute sur mes genoux. Il donne une petite léchouille à Duvette, qui ne réagit pas, trop occupée à boire, et se met à l'aise. Typique.

— Je vais bientôt devoir me lever pour passer à l'autre bébé, l'avertis-je.

Le regard qu'il m'adresse est l'équivalent félin du haussement d'épaules, et il ferme les yeux. On dirait qu'il a prévu de rester.

Nous ignorons toujours s'il sera capable de muter un jour. J'espère vraiment que oui, mais au final, seul l'avenir nous le dira. Ryker y est parvenu au moment où c'était une question de vie ou de mort, et j'ai beau vouloir que Citrouille se transforme, je ne souhaite pas qu'il soit confronté à une situation similaire.

Citrouille. Peut-être que je devrais donner à mes enfants le nom de légumes. Carotte, Haricot, Chou et Kale. Ça sonne bien.

J'entends Gryphon et Lennox bien avant qu'ils n'entrent dans la pièce.

Mon siren me sourit avec un amour qui fait scintiller ses yeux et Lennox se penche pour m'embrasser sur le front.

— Comment vas-tu ? me demande-t-il avant d'embrasser sa fille, qui n'accorde aucun regard à son père, trop occupée qu'elle est à m'assécher.

Je n'en reviens pas de la quantité de lait que ces bébés peuvent boire.

— Je suis fatiguée, avoué-je. La journée a été longue.

— Oui. D'après Benjamin, tu veux quand même faire la cérémonie.

J'éclate de rire.

— Tout le monde semble vouloir que je la fasse. Je n'ai pas vraiment le choix.

Gryphon fronce les sourcils.

— Depuis quand tu te plies aux désirs des autres ?

— Tu as raison. Ce n'est pas seulement à cause de ça. J'ai aussi envie qu'ils aient de vrais noms, même si je vais avoir du mal à m'y habituer.

Lennox récupère Vamp dans son berceau et lui chatouille le ventre. Elle pousse un petit cri ravi, et mon cœur se remplit d'encore plus d'amour. Peut-on mourir d'un cœur débordant ?

Je sais qu'on peut décéder d'un cœur brisé, mais là, c'est l'inverse. Il doit bien y avoir une limite à ce qu'une personne peut ressentir.

— Elle a grandi depuis ce matin ? demande mon loup.

— Ça ne me surprendrait pas. Ces bébés ne font pas vraiment comme tout le monde.

— Désolé de ne pas avoir pu en découvrir davantage sur leur développement. Je pensais être sur le point de trouver quelque chose, mais au final, ça concernait les loups. Je ne pense pas que ça s'applique à notre portée.

Notre. J'observe sa façon de câliner Vamp et de la regarder. Gryphon a pris Mordue dans ses bras et la berce gentiment. Ils se fichent de ne pas être les pères biologiques. Nous formons une famille, peu importe d'où viennent les bébés.

— À vous de leur trouver un nom, décrété-je spontanément, acceptant la suggestion précédente de Lily. Un chacun. On en nomme un chacun. Mais on ne leur dira jamais qui a choisi pour eux. Je ne veux pas qu'ils se sentent plus aimés par l'un de nous que par les autres.

Tout le visage de Gryphon s'adoucit, comme s'il fondait. Ooooh.

— Tu es sûre ?

— Je ne l'aurais pas dit si ce n'était pas le cas. Quand nous avons parlé des prénoms, vous aviez tous des suggestions. Je ne veux pas prendre cette décision seule.

— Mais tu n'as aimé aucun des noms…

— Je n'aime aucun nom qui ne soit pas lié à l'herbe à chats, c'est tout. C'est ma faute, pas la vôtre. Je me charge de Frétille, et vous prenez une fille chacun.

Duvette choisit cet instant pour me mordre le téton. Je ravale une exclamation et l'écarte de mon sein pour analyser les dégâts. Elle a percé ma peau, de petites perles de sang remontent à la surface. Duvette proteste en couinant et se débat pour retrouver mon sein. Je ne sais pas si elle cherche le lait ou le sang, et je ne compte pas le découvrir. Elle a assez mangé, c'est au tour de sa sœur.

Gryphon la récupère et me tend Mordue. Elle dort à moitié, mais me sourit et agite son petit bras potelé. Qu'elle est adorable. Je crois savoir maintenant qui est le père de mes enfants : le Dieu de la Mignonnerie. Il existe, non ? Mes enfants en sont la preuve.

— Vous êtes où, tout le monde ? crie Ryker depuis l'étage inférieur.

C'est plus un jeu qu'autre chose, puisqu'il peut nous sentir. Il se joint à nous et s'appuie contre le chambranle pour admirer la scène. Une grande famille joyeuse. Si seulement les choses pouvaient rester en l'état. Calme, sécurité et une tonne d'amour. Je n'aurais jamais cru aspirer un jour à une vie aussi simple, mais maintenant que j'ai accumulé une grande famille, les choses ont changé.

Cependant, nous ne sommes pas encore en sécurité. Pas tant que Delaney et les Crocs sont dans la nature. Même si nous nous débarrassions de Delaney, les Crocs et les sirens présentent un risque trop élevé pour notre avenir. Un jour, ils vont décider d'éliminer les métamorphes. Ou la concurrence, à savoir *M.I.A.O.U.* Je ne compte plus attendre de me faire attaquer. Il est l'heure de passer à l'offensive.

— Je me disais, commence Ryker en s'éclaircissant la voix. J'aimerais vraiment donner un nom à l'un des bébés. Je n'ai pas pu le faire avec Citrouille, c'est sa mère qui a décidé avant sa mort. À moins…

— Nous venons justement de décider la même chose, l'informé-je.

Son visage s'illumine, ses yeux jaunes pétillent de joie.

— Vous nommez chacun une fille et moi Frétille. Si on veut faire cette cérémonie au coucher du soleil, vous feriez mieux de vous magner. Je veux prendre une douche dès que Mordue et Vamp auront fini de manger.

La première a dû entendre son nom, car elle enfonce ses dents dans ma poitrine. Je beugle, mais comme j'y suis habituée à présent, je ne la lâche pas. Oui, j'ai failli la laisser tomber par terre la première fois.

— Je devrais peut-être continuer à t'appeler Mordue, grogné-je en inspectant les dégâts.

Je détourne très vite les yeux. Je ne veux pas voir ça. Elle continue à téter joyeusement le lait mélangé au sang. C'est bien ma fille, même si je n'ai pas eu soif de sang depuis sa naissance. Même quand j'ai senti tous ces sbires morts chez Delaney, je n'ai pas éprouvé l'envie de les lécher.

— Je vais me joindre à toi, déclare Gryphon en indiquant mes seins. En tant que médecin, je dois m'assurer que tu ne t'évanouisses pas à cause de la perte de sang.

Ryker lève les yeux au ciel.

— C'est mon tour. On s'est mis d'accord avec Kat quand on tuait des mutants. Elle m'a promis une douche tous les deux.

— Les garçons, la douche est assez grande pour vous trois, m'en mêlé-je en soupirant. Bien, ce petit monstre a fini de boire. Quelqu'un peut me donner Vamp ?

J'adresse un faux regard méchant à Mordue. Elle pouffe et me fixe de ses grands yeux verts. J'essuie son visage avec ma manche, effaçant les traces de sang. Lennox la récupère et Gryphon me tend Vamp. Je serre les dents en voyant ses petits crocs dévoilés. Ça va faire mal.

Je suis entourée d'hommes nus et j'adore ça. Avec eux trois, la douche est un peu petite en fin de compte. Mais je ne m'en plains pas. Je n'aurais pas souhaité autre chose. Gryphon se met à genoux, attrape mes cuisses et les écarte pour dévoiler mon sexe.

— Notre chatte a une jolie chatte, murmure-t-il avant de me taquiner avec sa langue.

C'est la meilleure. Franchement. Je n'ai jamais croisé

d'homme aussi talentueux rien qu'avec cet appendice. Je gémis et m'appuie contre Ryker, qui m'accueille entre ses bras. Son torse est aussi dur que l'érection qui s'appuie contre mes fesses.

Lennox prend un gant plein de savon et le passe gentiment sur mes seins, y répandant de la mousse. J'aime le fait que lui, au moins, fasse semblant que nous prenons une douche ensemble pour nous nettoyer.

Gryphon tourne la langue, et j'oublie tout le reste. Ses doigts enfoncés dans mes cuisses me maintiennent en place et debout, mais il réussit avec sa langue à faire ce que la plupart des hommes sont incapables d'accomplir avec leurs doigts. Je ferme les yeux et m'accroche à Ryker tandis que Gryphon fait croître mon désir à un niveau impossible. Lennox frotte mes tétons entre ses doigts et je ne peux retenir mon gémissement. Ces hommes vont causer ma perte.

Je feule de protestation quand la langue de Gryphon disparaît, mais Ryker me soulève et me porte jusqu'au lit, compensant l'affront. Son odeur m'est très familière, il est ma famille, pas dans le sens dégoûtant du terme. Il est à moi, je suis à lui, et c'est tout.

Dès que je suis allongée sur la couette, douce et fraîche contre mon dos, il m'écarte les jambes.

— Je suis sûr qu'il y a une blague à faire sur le chat lapant le lait, marmonne Gryphon avec un rire malicieux.

Ryker l'ignore. Puis sa langue se retrouve *là*, il lèche mon nectar, et des feux d'artifice se déclenchent dans mon esprit. Sa langue est plus rêche que celle de Gryphon. Il ne cherche pas tant à me stimuler qu'à me dévorer. Il me nettoie avec sa langue, me préparant pour la suite. À cette seule idée, je suis à deux doigts d'exploser.

Gryphon et Lennox sont de chaque côté de moi. Leurs corps sont chauds contre le mien, même si nous sommes tous encore humides de la douche, leurs caresses bienvenues me rappellent que nous nous appartenons les uns aux autres. Mes hommes sont tous différents, mais lorsque nous sommes ensemble ainsi, il n'y a aucune distinction entre eux. Ils sont tout autant à moi. Mon amour pour eux n'est pas limité, il ne se sépare pas en trois. Il les englobe tous les trois à la fois. Il m'est difficile de mettre des mots sur ce que je ressens pour eux, mais je crois qu'ils ont compris.

Lennox prend mon sein droit dans sa main et Gryphon malaxe le gauche, comme une chorégraphie répétée. Ryker semble avoir décidé que j'étais assez propre – évitons de mentionner à nouveau le lait –, car il enfonce un doigt fureteur en moi.

Je suis à deux doigts de jouir, cependant, cette fois-ci, j'ai besoin de l'un d'eux en moi.

— Prends-moi, ordonné-je.

— Caresse-les, rétorque-t-il sur un ton bien plus dominateur que d'habitude.

Pas besoin de lui demander des précisions ; les sexes de Gryphon et Lennox sont tendus vers moi.

J'approche les mains, et ils tournent les hanches pour que je puisse les empoigner.

Enfin satisfait, Ryker place sa hampe contre mon intimité. J'écarte légèrement plus les cuisses, et il s'enfonce en une seule poussée longue et puissante. En me sentant si complète, je ne peux retenir mon gémissement. Lui en moi, tandis que je touche les deux autres, avec leurs trois odeurs sur mon corps. C'est ainsi que c'est censé être. Nous sommes faits les uns pour les autres et nous allons le prouver sans cesse.

Ryker impose le rythme, et je m'y adapte, caressant les garçons chaque fois qu'il plonge en moi. S'il a commencé lentement, une fois certain que je me suis ajustée à sa circonférence, il accélère et devient plus sauvage. Les grognements emplissent la chambre, entrecoupés de mes gémissements à mesure que je m'approche du point de bascule, si proche et pourtant incapable de faire le dernier pas.

— Touche-moi, haleté-je, ne le demandant à personne en particulier.

Je ferme les yeux. Des doigts se posent sur le nœud de ma

féminité, jouent avec, et je m'envole, secouée par un orgasme qui déclenche des lumières fluorescentes sous mes paupières. Mes muscles intimes enserrent Ryker, qui me pilonne. Je tente de garder le rythme sur les sexes des garçons, ce qui n'est pas facile à cause des tremblements incontrôlables de mon corps.

Ryker jouit dans un cri, me martelant si fort que ça fait mal, mais je m'en fiche. La douleur ne fait qu'ajouter à l'extase qui m'emplit le cerveau.

Gryphon s'éloigne de ma main et descend du lit. Dès que Ryker sort de moi, Gryphon prend sa place, continuant ce que mon autre homme a commencé. Le chat vient à mes côtés sur le lit et attrape ma main, la serrant fort tandis que Gryphon me pilonne puissamment.

Lennox inspire vivement, puis il m'écarte de son membre.

— Un instant, pantelle-t-il, pour se retenir.

Gryphon ouvre la bouche et un bruit étrange s'en échappe, un bruit qui me fige, puis me désagrège. Je crie lorsqu'un nouvel orgasme me transperce, et Gryphon jouit en moi. Nous chevauchons les vagues du plaisir ensemble, accrochés l'un à l'autre, jusqu'à ce que mon souffle revienne à la normale. Il m'entoure de ses bras et me serre fort contre lui, poitrine contre poitrine, mes mamelons durs frottant contre sa peau.

— Oups, souffle-t-il, mais il n'a pas l'air le moins du monde désolé.

Je tremble toujours de la béatitude qui a envahi chacune de mes cellules. Les orgasmes provoqués par les sirens sont les meilleurs qui soient.

Il m'étreint, me caresse les cheveux, me murmure des mots doux à l'oreille.

Toutefois, nous n'en avons pas encore terminé. C'est au tour de Lennox, et il me le fait comprendre en sortant du lit, attendant que Gryphon libère la place entre mes jambes. Le siren passe un doigt tendre dans mes plis intimes, comme pour leur dire au revoir, puis laisse Lennox s'installer.

Celui-ci s'insère en moi en une seule poussée puissante. Il semble avoir du mal à contrôler la bête en lui.

— Lâche-toi, marmonné-je.

Il me prend au mot, jouit dans un grognement et me pilonne encore pendant la durée de son orgasme. Je m'accroche à la main de Ryker, blottie contre Gryphon qui me serre fort contre lui.

Nous finissons affalés sur le lit. Chacun d'eux a réussi je ne sais trop comment à m'enlacer. Ma tête se trouve sur le torse de Lennox, qui me caresse les cheveux. Il m'a nettoyée et s'est assuré que j'étais à mon aise, avant de nous rejoindre au lit. Aucun des hommes humains que j'ai fréquentés n'a jamais fait ça pour moi. J'ai de la chance d'avoir trouvé ces garçons, qui non seulement prennent soin de moi, mais aussi les uns des autres.

Ryker effleure mon ventre gentiment, avec la légèreté du souffle du vent. Son torse vibre un peu, comme s'il essayait de ronronner. Je souris. J'adore ce côté félin qu'il conserve même sous forme humaine.

Gryphon, de l'autre côté de moi, a entremêlé ses jambes aux miennes. Ses yeux rivés sur moi suivent chacun de mes mouvements.

— Quoi ?

— J'essaie de comprendre comment j'en suis arrivé là, murmure-t-il. Un jour, j'étais un fugueur qui se cachait de sa famille, et le lendemain, je suis en compagnie d'une femme magnifique qui m'a accueilli dans la sienne. Je ne sais pas trop comment c'est arrivé. Ni si je le mérite.

— À qui le dis-tu. J'étais un chat toute ma vie, et maintenant, mes mains humaines peuvent caresser cette déesse féline.

— Arrêtez, marmonné-je. Je ne suis pas douée pour les compliments. Profitons de cet instant de silence avant de retourner dans le chaos.

C'est ce que nous faisons, blottis les uns contre les autres, nos corps connectés, nos cœurs battant à l'unisson.

CHAPITRE 10

Quand nous sommes tous entassés dans le salon comme ça, la maison semble plus petite qu'elle ne l'est réellement. J'avais espéré pouvoir tenir la cérémonie en extérieur, mais il s'est mis à pleuvoir, et si être mouillée ne me gêne pas, je sais que c'est différent pour les bébés. Ils détestent le bain, surtout Mordue, qui se débat chaque fois que nous nous approchons de la salle de bains.

Nous leur avons enfilé des vêtements propres, mais Duvette a déjà réussi à baver sur son col.

— Tout le monde est prêt ? demande Sophie, qui sautille littéralement d'excitation.

Caitlin est presque aussi impatiente, bien qu'elle tente de le cacher.

Les gars et moi portons chacun un bébé. Comme toujours, Frétille a enroulé sa queue autour de mon bras, sa façon de m'enlacer. C'est la plus belle sensation au monde. Suivie de très près par ce que les garçons m'ont fait ressentir sous la douche. Nous devons le faire plus souvent. Ryker aurait aimé discuter davantage après, mais j'ai réussi à l'en empêcher grâce aux préparatifs pour la cérémonie.

Je n'ai jamais assisté à une cérémonie des noms, ou bien je ne m'en souviens pas. Lennox non plus, et Ryker non plus, évidemment, puisqu'il a grandi sous forme de chat. Gryphon est le seul à avoir non seulement vécu l'événement en tant que bébé, mais aussi à y avoir assisté plus tard pour d'autres enfants. Il va nous guider.

Frétille resserre sa queue et je lui souris. Tout comme ses sœurs, il n'a aucune idée de ce qu'il se passe. Il ignore le genre de vie qui l'attend. Il ne sait pas tout ce que sa mère a fait pour survivre. Plongée dans ses grands yeux dorés, je prie de tout mon cœur pour qu'il n'ait jamais à endurer toute la douleur que j'ai connue. Il aura une enfance merveilleuse, je m'en assurerai. Mes quatre bébés vont grandir dans un environnement sécurisé et rempli de bonheur, et se sentiront aimés et chéris. Je veillerai à ce qu'ils ne sachent jamais qu'ils n'étaient pas prévus, et pas désirés au début.

Gryphon se racle la gorge, l'air extrêmement sérieux.

— Que tous ceux qui n'ont pas de bébé dans les bras s'asseyent, je vous prie.

Une fois qu'ils lui ont tous obéi, la pièce semble tout de suite un peu moins bondée. J'inspire profondément, puis me concentre sur Gryphon, qui regarde les bébés tour à tour.

— Bienvenue dans ce monde. Sachez que vous avez été aimés depuis l'instant où nous avons entendu vos petits cœurs battre pour la toute première fois et que vous serez aimés jusqu'au jour où ils ne battront plus. Notre vie ensemble ne fait que commencer, mais à partir de maintenant, vous ferez partie de nos existences chaque seconde de chaque jour. Vous êtes aimés, vous êtes chéris, vous êtes adorés. Puissiez-vous connaître le bonheur, l'amitié et la santé. Puissiez-vous distinguer le bien du mal, connaître votre propre valeur et éprouver de la paix toute votre vie. Je vous souhaite de chanter et rire, de jouer dans la joie et sans crainte. Les enfants, nous vous souhaitons la bienvenue dans ce monde.

— Nous vous souhaitons la bienvenue dans ce monde, répétons-nous avec solennité.

Tout le monde a l'air si sérieux, surtout Bethany et Lily, que ça me donne envie de rire. Sans oublier Benjamin qui a revêtu un costume, c'est presque comique. Je résiste cependant à mon hilarité en me concentrant sur mes enfants.

— Tu veux commencer, Kat ? me demande Gryphon après un instant de silence.

J'espérais presque qu'il passerait en premier, mais je comprends pourquoi il veut me donner la primauté. Je suis la mère, la femme qui a porté ces quatre petits êtres en elle. Pas aussi longtemps que la plupart des mères, mais la douleur à la fin de la grossesse a compensé ce détail.

Je prends une grande inspiration et serre plus fort Frétille contre moi.

— Je promets de faire de toi l'enfant le plus heureux au monde, déclaré-je tout bas, presque dans un murmure. Je donnerai ma vie pour toi. Je te déroberai les étoiles et je tuerai toute personne souhaitant te faire du mal. Tu ne manqueras jamais de rien. Tu grandiras entouré d'amour et de nos petits soins. Tu ne manqueras jamais d'herbe à chats.

— Kat ! siffle Lily entre ses dents. Ce n'est pas approprié !

Je lui décoche un grand sourire avant de poursuivre.

— Je te prénomme Liat Feln. Puisse ton nom te porter chance.

Je l'embrasse sur le front. Frétille… non, *Liat* glousse et me sourit. Je ne crois pas qu'il ait compris quoi que ce soit, mais je suis contente qu'il ne pleure pas.

— Liat Feln, répètent les autres.

Je peux presque *entendre* Lily lever les yeux au ciel face à mon choix de prénom, mais elle s'abstient de commenter.

Je recule et cède ma place à Ryker. Il berce Mordue dans ses bras, qui dort profondément. Les cheveux châtains de la petite semblent grandir chaque jour, bien plus vite que ceux de sa jumelle. Nous allons bientôt devoir les lui couper, si ça ne ralentit pas.

— Ma puce, commence Ryker en souriant amoureusement à sa fille, nous t'avons appelée Mordue, parce que tu mords la vie à pleines dents depuis ta naissance. Tu es une battante, une guerrière, et c'est pour ça que j'ai choisi ce prénom pour toi. Mordue, je te nomme Bella, en hommage à la belladone. C'est sans doute la plus mortelle des plantes, mais ses fleurs sont aussi belles que ses feuilles sont toxiques. Je te souhaite d'être aussi forte et létale que la fleur dont tu portes le nom.

— Bella Feln, répétons-nous avec solennité.

Je croise son regard et souris. C'est un bon choix.

Surprise, je vois Gryphon rejoindre Ryker avec Vamp. Contrairement à sa jumelle, celle-ci est réveillée et observe tout avec grande attention.

— On va la faire courte, déclare-t-il en chatouillant sa fille sous le menton. Toi, tu seras Donna, la deuxième moitié de la belladone. Ensemble, Bella et toi, vous serez invincibles.

Mon cœur fond. Ryker et Gryphon ont dû se mettre d'accord, ce qui signifie qu'ils ont discuté des prénoms quand je n'étais pas avec eux. Ils se comportent comme de véritables pères aimants. Ce qu'ils sont, je le sais, mais c'est agréable d'en voir la preuve. Mes yeux me picotent. Chez n'importe qui, je parie que c'est une larme cherchant à s'échapper, mais pas chez moi. C'est juste un mouton de poussière.

— Donna Feln, déclare Gryphon, et nous l'imitons.

Ils reculent tous les deux, et Lennox prend leur place, Duvette dans les bras.

— Je ne suis pas un homme de poésie, annonce-t-il en haussant les épaules. Alors, je vais t'appeler Ombre. Tu ne pourras peut-être pas te fondre parmi les humains, mais au coucher du soleil, tu ne feras plus qu'un avec la nuit. Tu te déplaceras en toute invisibilité, à moins que tu ne veuilles te faire remarquer. Tu es un être nouveau, un être magnifique, et je veillerai à ce que tu ne te sentes jamais différente au sein de cette famille. Et en dehors d'ici, je tuerai quiconque te blessera, avec des paroles ou des armes.

Le sourire qu'il lui adresse à cet instant est en contraste total avec ses paroles.

— Je t'aime, petite Ombre, autant que j'aime tes sœurs et ton frère. Bienvenue dans ce monde.

Liat, Bella, Donna et Ombre. Je regarde mes bébés, émerveillée que leurs noms leur aillent si bien. Les garçons ont fait un super travail. Je n'aurai aucune peine à abandonner les surnoms pour employer leurs vrais prénoms à partir de maintenant.

Gryphon se racle la gorge, attirant l'attention de tout le monde.

— La suite de la cérémonie a été modifiée par Kat.

Il lève les yeux au ciel en un geste exagéré et sort un petit sac de sa poche.

— En général, nous lançons des pétales de fleurs aux bébés, mais Kat a insisté pour que nous utilisions de l'herbe à chats à la place. Servez-vous, et faites attention à ne pas leur en mettre dans les yeux.

Lily ricane.

— Kat, tu es incorrigible. Tu n'as pas intérêt à transmettre ton addiction à mon neveu et mes nièces.

— Ce ne sont pas tes nièces et neveu.

— Bien sûr que si. Et si tu leur dis le contraire, je leur raconterai le jour où tu as joué avec une pelote de laine et où tu as failli lécher ton…

— Très bien, la coupé-je.

Vu comme il a les yeux écarquillés et l'air sur le point d'exploser de rire, Gryphon ne doit pas encore connaître cette histoire.

— Ce sont ton neveu et tes nièces. Maintenant, va les couvrir d'herbe à chats comme tu es censée le faire. C'est pour porter chance, ou un truc du genre.

— C'est le symbole de la promesse que nous leur faisons de subvenir à leurs besoins, rectifie Bethany d'une voix étonnamment grave. Et j'ai bien l'intention de respecter cette promesse.

Elle prend le sac des mains de Gryphon et en sort une pleine poignée de feuilles d'herbe à chats séchée. Celle-ci est de très bonne qualité, avec de grandes et jolies feuilles, pas les petits morceaux que l'on trouve parfois dans les jouets pour chats. Même si je n'ai jamais acheté de telles horreurs.

Bethany pose doucement quelques feuilles sur le front de chaque bébé, puis tend le sac à Benjamin tout en me lançant un regard sévère. Qu'est-il advenu de la Bethany jamais sérieuse qui aimait tant s'amuser ? Elle a passé beaucoup de temps avec ma portée. Un peu trop, peut-être ?

Un par un, mes amis déposent de l'herbe à chats sur les bébés, au point qu'ils sentent désormais si bon que je veux tous les prendre dans mes bras. Hélas, ils ne sont pas assez larges pour ça, ou alors ce sont les bébés qui ne sont plus assez petits pour ça. Alors, je me contente d'inspirer profondément, de renifler le doux arôme de mes bébés mélangé à celui addictif de l'herbe à chats.

Debout avec Liat dans les bras, je me sens un peu perdue. Comme si ce n'était pas réel. Je devrais être dehors, à courir sur les toits et assassiner des gens, ce pour quoi j'ai été formée. Au lieu de ça, je me trouve dans un salon cosy, dans une maison de banlieue, en compagnie de ma famille et de mes amis, à câliner des bébés.

Ma vie se délite, et je ne sais pas quoi en penser. Je déteste autant que j'aime ça. Mais une fois cette cérémonie terminée, j'aurai besoin de sortir un moment pour être Kat, l'assassin.

L'air frais de la nuit emplit mes poumons et j'inspire profondément, savourant le fait d'être enfin dehors à nouveau. Je me suis transformée dès que j'ai été suffisamment loin de la maison, à l'endroit où la ville cède la place à un paysage plus rural. Je peux désormais courir sous forme de panthère. Mes pattes ne font presque pas de bruit alors que je file dans les champs le plus vite possible. Je me réjouis de sentir mes muscles s'étirer et se tendre, propulsant mon corps en même temps.

Je suis libre. Un animal sauvage.

Je cours encore et toujours, sans me soucier d'où je vais. Ce qui compte, c'est le voyage, pas la destination. Je ne m'arrête que lorsque ma patte droite touche une pierre pointue, qui me cause une douleur suffisante pour déranger ma tranquillité d'esprit. J'examine les dégâts ; ça saigne à peine. Je lèche les coussinets roses de ma patte, et pouffe mentalement à cause des chatouilles. Je ne suis pas chatouilleuse sous forme humaine, mais je le suis en panthère. Allez comprendre.

Je suis en lisière de la Forêt des Bouleaux, à plusieurs kilomètres d'Attenburgh. Cela faisait longtemps que je ne m'y étais pas rendue, même sans tenir compte de mon absence imputable à Delaney. Cela dit, je ne veux pas penser aux sirens maintenant. Je souhaite simplement savourer ces instants de paix loin de tout. Même de ma famille. Je suis un félin ; je suis une créature solitaire. J'essaie très dur de socialiser, mais je me rends compte que j'ai besoin de temps seule plus souvent, pour recharger mes batteries ; je sens que je vais avoir besoin de beaucoup d'énergie dans les semaines à venir.

Une odeur étrange me parvient aux narines. Je renifle, puis souffle par le nez, expulsant la mouche qui s'est invitée dans mes narines. Sales petits démons. La nature a ses inconvénients. Je respire à nouveau, essayant de me concentrer sur l'odeur familière. Des loups, mais pas du genre gentil. C'est une odeur sucrée et poisseuse, qui me rappelle le miel.

Le souvenir me revient tout à coup. Lait et miel. Leur sang m'emplissant la bouche. Le chaton que j'ai sauvé. C'était dans ma ville natale, peu avant que nous n'emménagions à Attenburgh. Je me trouvais dans la forêt, comme maintenant, et j'ai croisé trois loups mutants qui attaquaient un chaton. Je les ai tous tués, puis j'ai bu leur sang. Je commence à saliver, et je déglutis, soudain un peu effrayée. Je n'ai pas envie de redevenir sauvage.

J'inspire à nouveau. Je suis sûre à présent qu'il s'agit de la même odeur que la dernière fois. Des loups mutants. Auparavant, Lennox avait impliqué M. Moon, son employeur, qui m'avait suivie jusqu'à la scène de crime, pour ainsi dire. Avec l'aide d'un membre de sa Troupe, il avait découvert qu'une siren appelée l'Hypnotisse avait pris le contrôle sur ces loups. C'était la dernière fois que j'avais entendu parler de cette histoire. J'ai présumé que M. Moon s'était chargé de cette affaire, mais est-ce bel et bien le cas ? Je refuse que des loups sauvages traînent non loin de chez moi. Il y a quelques heures, j'ai promis à mes bébés de veiller à leur sécurité, et maintenant, je découvre dans la forêt toute proche des loups contrôlés par un siren.

Je montre les dents en direction de cette odeur. Petits loups, attendez-moi, j'arrive !

CHAPITRE 11

Je les découvre dans une clairière, ronflant si fort tous les trois que leurs poumons devraient en souffrir. C'est peut-être un effet secondaire à leur statut de mutant. Un autre étant que l'une des créatures a une tête d'homme sur un corps de loup. Cette vision me fait frémir. Je suis capable de transformation partielle si je le décide, mais lui doit être coincé sous cette forme. Pas tout à fait animal, pas tout à fait humain. Ses cheveux se transforment en fourrure au niveau de la nuque, mais sa barbe est impossible à confondre avec la fourrure sur sa gorge.

Les trois loups puent l'alcool. Il y a quelques villages en lisière de la forêt. J'imagine qu'ils ont passé une soirée sympa à se saouler dans l'un des pubs. J'espère qu'ils ont laissé la vie sauve aux villageois.

L'ancienne Kat les aurait tués dans leur sommeil. Moi, j'hésite. Si je les assassine sans leur donner l'opportunité de se défendre, je ne vaux pas mieux qu'eux. En plus, peut-être sont-ils des mutants ayant échappé à leurs créateurs. Ils ne représentent peut-être pas la menace que je crains. Il me faut davantage d'informations, donc ils doivent se réveiller.

Le problème, c'est que je dois être humaine pour leur parler, sauf que je n'ai pas d'arme sur moi. Je sais très bien me battre sans, mais ils sont trois et dotés de dents et de griffes, alors que je suis seule. Je devrais peut-être en tuer deux et ne laisser que celui à tête humaine en vie, pour le questionner. C'est toujours mieux que de les tuer tous les trois, non ?

Je m'étire, prête à bondir, quand une nouvelle odeur me parvient. Une siren. Une fragrance familière. Merde. Ce n'est pas n'importe qui. C'est l'Hypnotisse, la timbrée que pourchassait M. Moon. Elle est toujours en vie. Ça change la donne. Ces loups sont peut-être sous son contrôle. Au moins, ça facilite ma décision. Ils vont mourir, puis je me mettrai en quête de leur marionnettiste. Non parce que je dois quelque chose à M. Moon, mais parce qu'elle constitue une menace pour ma famille. Qui sait, peut-être qu'elle travaille même avec les sirens d'Attenburgh, si elle est aussi près de la ville. Je me souviens que M. Moon m'a dit qu'elle appartenait à une famille riche et puissante ; rien ne dit que cette famille n'est pas basée à Attenburgh.

L'odeur de l'Hypnotisse est faible, mais toujours fraîche. Elle n'a pas pu aller bien loin ; elle n'a que deux jambes, après tout. Je m'enfonce dans la clairière, sors les griffes et me jette sur le loup-garou ronflant le plus proche.

❋ ❋ ❋ ❋ ❋ ❋

Ma fourrure est imbibée de sang et de ce fait collante. J'ai besoin d'un bon bain, mais je ne sens ni rivière ni lac non loin. Peu importe, puisque j'aurai encore plus de sang sur le poil quand j'aurai tué l'Hypnotisse. Je suis soulagée de ne pas éprouver le besoin de lécher le sang des mutants sur ma fourrure. Ce devait être passager. Que le Grand Chat dans le ciel soit loué. Cela dit, la bagarre m'a donné un peu faim.

Je suis l'odeur de la siren, qui s'éloigne de la clairière et s'enfonce dans la forêt. Je m'attendais à ce qu'elle rejoigne un village ou Attenburgh, mais elle on dirait qu'elle s'éloigne de la civilisation. Étrange. Je me demande ce qu'elle a en tête. Peut-être devrais-je lui laisser la vie sauve le temps qu'elle réponde à toutes mes questions. Puis je me souviens que M. Moon a affirmé que l'Hypnotisse est assez puissante pour contrôler les métamorphes. Je ne souhaite pas découvrir si je peux m'inclure dans le lot. La curiosité est un vilain défaut, paraît-il.

Elle est toujours en vie alors que M. Moon et sa Troupe – qu'il refuse de considérer comme une meute depuis qu'il a quitté la Meute – l'ont traquée, donc elle doit être puissante, en effet. Je n'ai rencontré l'ancien employeur de Lennox qu'une seule fois, mais il m'a paru aussi intelligent que compétent.

L'odeur me conduit sur un chemin étroit à peine plus large qu'un sentier de biche. Je le longe dans les broussailles qui me dissimulent encore mieux que l'obscurité. Il pourrait y avoir d'autres loups-mutants par ici. Et même si ce serait amusant de me battre contre eux, je veux m'occuper de l'Hypnotisse en premier, de préférence sans être interrompue.

Je regrette de ne pas posséder de perturbateur de sirens. Les scientifiques de Lady Lara ont transformé sa technologie anti-siren en un appareil portable capable d'affaiblir, voire d'inhiber totalement, les pouvoirs d'un siren. Gryphon m'a dit qu'elle l'avait essayé sur lui, et même si ça n'avait pas supprimé totalement ses pouvoirs, il s'était senti mal et avait eu du mal à influencer même le plus faible des esprits. Lady Lara nous a proposé cette innovation sous forme de collier, mais hors de question que j'en porte un à nouveau. Ryker l'a envisagé, mais refusé – à cause de moi, je pense. Je détesterais le voir – lui ou l'un de mes hommes ou l'une de mes sœurs – porter un collier. Le souvenir de ce bout de métal autour de mon cou, m'empêchant de me transformer et me gardant sous le contrôle de la Meute, est trop douloureux.

Il faudra que je me montre rapide et que je prenne la siren par surprise avant qu'elle ne puisse utiliser sa voix contre moi.

Son odeur se renforce, et lorsque je remarque une lumière clignotante au loin, je peux sentir son parfum. Si je m'y connaissais, je pourrais identifier la fragrance, mais je n'en mets jamais. Je n'ai aucune envie de masquer mon odeur féline. Je pense que les gars n'aimeraient pas non plus.

Une cabane étonnamment grande a été bâtie au centre d'une clairière, bien plus vaste que celle où j'ai tué les loups. Bien que vieille, la cabane est en bon état ; quelqu'un l'a entretenue, ou bien a même vécu dedans en continu. Qui voudrait vivre ici au milieu de nulle part ? Même moi, ça ne me plairait pas. C'est trop éloigné des humains que je veux tuer. Trop éloigné de toute nourriture correcte. Seul le fait de devenir sauvage me pousserait à vivre dans la forêt, et je n'ai pas l'intention de le redevenir. Ma panthère et moi avons fusionné, nous ne sommes plus séparées, et sommes désormais plus puissantes que jamais.

C'est le beau milieu de la nuit, et pourtant, il y a toujours de la lumière à l'intérieur. J'étends mes sens. Un seul battement de cœur ; elle est seule. Je contourne la cabane, cherchant des odeurs indiquant d'autres personnes présentes, mais je ne distingue que celle de l'Hyponotisse et de ses loups.

Le bâtiment, construit sur un seul niveau, possède deux portes, une à l'avant et une plus petite à l'arrière. Celle-ci n'a pas l'air de beaucoup servir, à en juger par la mousse qui pousse sur les bords et la grande toile d'araignée dans un coin.

Cette porte risque de grincer si je m'en sers, donc mieux vaut entrer par celle de devant ou une fenêtre. Comme il n'y en a aucune au niveau du toit, mon choix est limité. J'écoute une nouvelle fois le cœur de la siren. Elle est sur ma droite, presque contre le mur du fond de la cabane, et réveillée. Sa respiration est régulière ; je doute qu'elle ait conscience de ma présence. C'est bien. J'aime bénéficier de l'élément de surprise. Elle ne sait pas encore que ses loups sont morts. Ils étaient assez loin d'ici, donc je présume que son lien avec eux ne s'étend pas sur une si longue distance.

J'ai beau être tentée de l'interroger, je n'ai ni mes armes ni mes poisons. Sans connaître l'étendue de ses pouvoirs, je ne peux pas courir le risque. Je l'aurais peut-être fait par le passé, mais à présent, je ne dois pas penser qu'à moi. Mes bébés s'attendent à téter, demain matin. Je soupire. Là, sous forme de panthère, mes seins ne me font pas mal, mais dès que je reprendrai forme humaine, ils seront douloureux. Je guéris vite, mais pas assez pour la faim insatiable de mes enfants.

Va pour la fenêtre. Celle de l'autre côté de la maison est entrouverte et m'offre de meilleures chances que la porte de devant d'entrer sans me faire repérer. Arrivée près de la fenêtre, je me transforme en un mouvement fluide et atterris sur mes deux jambes. C'est un peu douloureux, mais je n'en tiens pas compte. Il me tarde déjà le moment où je pourrai redevenir une panthère et courir sur mes quatre pattes pour rentrer chez moi. Je n'ai pas envie que cette aventure féline nocturne se termine déjà.

Lentement, et avec toute la patience que je peux rassembler, j'ouvre la fenêtre. Elle couine un peu, pas assez toutefois pour être perceptible par une oreille humaine. Je m'y faufile et atterris accroupie sur le parquet.

La pièce ne contient qu'un lit et une grande armoire, tous deux en bois de bouleau. Ça sent presque comme dans la forêt, ici. C'est rustique, mais joli. Le lit pue la siren, et je fronce le nez. Pour des créatures si belles, leur odeur est horrible, révélant davantage que leur apparence leur véritable nature. La porte menant au reste de la maison est fermée, mais je réussis à l'ouvrir sans un bruit. La cabane est vraiment en très bon état, avec ses portes bien huilées et ses sols cirés. Seules les fenêtres sont sales, comme si l'occupant ne voulait pas que d'autres puissent distinguer l'intérieur.

Un petit couloir mène à deux pièces supplémentaires et à l'entrée de la maisonnette. Il y fait sombre, puisque la seule lumière arrive du dessous de la porte, au bout du couloir. J'avance au rythme des battements de cœur de la siren jusqu'à attraper la poignée de porte. Maintenant, il va falloir que je me montre rapide. Je dois courir et la tuer en un seul geste. Sans hésiter. Sans me poser de questions.

Je revêts mon masque d'assassin comme un manteau. Pas d'émotions. Pas de scrupules. Juste ma cible et moi.

La vie est étonnamment simple quand on oublie tout sauf la mort. Son battement de cœur est aussi fort à mes oreilles que si elle se tenait à côté de moi. Je sens son souffle, son parfum. Je perçois son mouvement quand j'entre en trombe dans la pièce. J'évalue celle-ci en vitesse, cherchant d'éventuelles menaces, tout en me précipitant vers la siren. Un salon simple et rustique avec une cheminée non allumée. Les bougies sur la table basse font danser des ombres sur le visage de l'Hypnotisse. Même dans le faible éclairage, elle est saisissante. Ses cheveux blonds lui arrivent à la taille, tels des fils d'or. Elle a enfilé un peignoir sur son corps mince, mais elle est pieds nus sur le sol froid. Elle ouvre la bouche, sans doute pour chanter et me soumettre ; je suis plus rapide qu'elle. Je referme la main autour de sa gorge et la renverse au sol. Je me jette sur elle et l'utilise pour amortir ma chute.

Elle crie de douleur quand sa tête heurte un coin pointu près de la cheminée. Ses paupières se ferment un instant ; alors que j'espère que c'est signe d'inconscience, elle les rouvre et m'adresse un regard de pure haine. Je ferais mieux de me dépêcher.

Je serre les pouces sur sa gorge, coupant sa trachée et toute opportunité de se servir de ses cordes vocales. Même si elle se débat, elle n'est pas assez forte pour me déloger. Elle tente de me griffer le visage, et j'esquive le coup, tout en l'empêchant d'agiter les jambes. Je suis peut-être un peu plus petite qu'elle, mais elle n'a pas l'air d'avoir effectué beaucoup de travaux manuels dans sa vie. Ses muscles sont inexistants. Du moins, dans son corps. Ses muscles faciaux sont une œuvre d'art, même quand elle esquisse une étrange grimace. Elle pense peut-être qu'un spectacle de mime l'aidera à s'en sortir. Alerte *spoiler* : ça ne fonctionne pas.

Elle se débat de moins en moins à mesure que je lui ôte la vie. C'est agréablement satisfaisant ; j'avais oublié combien j'aimais la strangulation. Récemment, j'ai surtout utilisé mes couteaux pour tout. Je devrais peut-être me confectionner un nouveau garrot. J'écoute son battement de cœur, boum-boum, boum-boum, qui ralentit, après l'accélération due à la poussée d'adrénaline. Il n'y en a plus pour longtemps. Elle est à deux doigts de perdre connaissance, elle ne tient plus qu'à un fil. Ses paupières se ferment, et pourtant, elle essaie encore de se défendre. Je lui reconnais ça, elle est persévérante. Et elle veut rester en vie, j'imagine, comme nous tous.

Je soupire de soulagement quand elle s'évanouit enfin. Ça a été plus long que d'ordinaire ; peut-être que la physiologie des sirens est différente. Je garde les pouces sur sa trachée. Dans quelques minutes, elle sera morte. À moi de décider soit de la tuer, soit de la garder en vie pour la questionner. Elle est trop lourde pour que je la transporte jusqu'à Attenburgh, et en même temps, sans technologie anti-siren, je n'ai aucune chance de pouvoir l'interroger ici. Elle tentera de s'immiscer dans mon esprit dès qu'elle se réveillera. Il faut que je lui parle sans qu'elle puisse chanter pour me soumettre, mais c'est impossible. Va pour la mort, alors.

Sans tenir compte du soupçon de regret qui s'immisce dans les profondeurs boueuses de mon esprit, je serre son cou jusqu'à ce que son cœur cesse de battre. Je ne regrette pas sa mort ; je regrette de ne pas pouvoir découvrir ses projets.

Un hurlement de loup retentit au loin, et je me redresse, étendant mes sens. C'est un métamorphe, aucun doute, mais je n'arrive pas à déterminer s'il s'agit d'un mutant de l'Hypnotisse ou un gentil métamorphe. Enfin, *gentil*. Tout est relatif.

Maintenant que j'entends mieux, je perçois plusieurs êtres vivants qui se déplacent dans les broussailles, s'approchant de la cabane. On dirait que je vais pouvoir me battre. Je lâche la siren et fouille sa maison à la recherche d'armes. Je pourrais me transformer pour affronter les loups, mais j'ai envie de mener mon enquête dans cette bicoque, et deux transformations de rang seraient trop épuisantes.

Elle possède un joli assortiment de couteaux de cuisine, bien plus qu'une personne vivant seule ne devrait en avoir. Ça me va. Je choisis les deux plus aiguisés et me mets en position derrière la porte d'entrée. S'ils entrent par ici, je serai cachée pendant quelques précieuses secondes.

Plus ils s'approchent, plus mes sens me transmettent d'informations. Cinq loups, lourds et grands. Ils font beaucoup de bruit, perturbant les bois. Les oiseaux s'avertissent mutuellement de l'intrusion, épuisés et agacés. Je jette un coup d'œil à la pendule de l'entrée. Il est 2 heures du matin. Je vais bientôt devoir rentrer, si je ne veux pas manquer le déjeuner des bébés. Sinon, ils vont être grincheux toute la journée, et je préfère éviter. Un bébé agacé, c'est déjà bien assez, alors quatre... un cauchemar.

Lorsque les loups pénètrent dans la clairière, je perçois leur odeur. Argh. Je ne vais pas pouvoir me battre. La tension me quitte et je lâche mes couteaux en sortant pour aller saluer M. Moon.

CHAPITRE 12

Le dirigeant de la Troupe se transforme dès qu'il me voit. Contrairement à moi, il est nu. La magie métamorphe est bizarre et imprévisible. J'aurais préféré qu'il porte son manteau en cuir, cela dit. Il a plus de cinquante ans, alors disons qu'il n'est plus aussi bien bâti partout qu'il a dû l'être autrefois. Son torse est musclé et ciselé, mais plus bas…

Je relève les yeux, me concentrant plutôt sur son visage. Il n'a pas changé du tout. Des mèches grises parsèment ses cheveux noirs bouclés et sa barbe, non taillée, recouvre la moitié de son visage. Ses yeux sont comme deux morceaux de charbon luisant dans l'obscurité, emplis du pouvoir et de l'assurance d'un alpha.

Les quatre loups qui l'accompagnent restent sous leur forme animale. Ils sont tous noirs, se fondant à la perfection avec la nuit. M. Moon a fait le bon choix en optant pour eux et laissant les loups à la fourrure blanche et grise en arrière. Lennox regrette souvent de ne pas pouvoir changer la couleur de la sienne. Son pelage d'un blanc pur est magnifique la journée, encore plus avec ses yeux bleus pétillants et cette tache noire sur son front, mais à la faveur de la nuit, c'est un handicap. Il est facile à repérer.

— Mademoiselle Feln, je ne m'attendais pas à vous voir ici, me salue M. Moon de sa voix grave et agréable.

Si un whisky de douze ans d'âge pouvait parler, voilà le timbre qu'il aurait.

— Nous arrivons trop tard, je me trompe ?

— Si vous aviez l'intention de tuer l'Hypnotisse, alors oui, c'est trop tard. Désolée.

Il soupire, l'air soudain plus vieux. Peut-être que je me trompais en lui donnant la cinquantaine. C'est toujours difficile à dire pour les métamorphes. Nous vivons plus longtemps que les humains, en théorie. En pratique, nous parvenons rarement au bout, parce que nous mourons généralement dans des circonstances peu naturelles avant d'avoir atteint un grand âge.

— J'imagine que je devrais m'estimer heureux de son décès, même si j'aurais aimé être celui commettant l'acte. J'espère que vous l'avez fait souffrir ?

J'ouvre la porte en grand en signe d'invite.

— Venez voir vous-même. C'était plus rapide que je ne l'aurais souhaité, parce que je ne voulais pas lui donner l'opportunité de m'ensorceler.

— Vous l'avez affrontée sans technologie anti-siren ? s'exclame-t-il, incrédule. C'était de la folie.

— J'ignorais qu'elle serait là, expliqué-je pour ma défense. Je suis tombée sur elle par accident. Si ça avait été planifié, j'aurais été bien mieux préparée.

— Je ne crois pas aux coïncidences, marmonne-t-il en me contournant pour entrer dans la cabane.

Il se rend directement dans le salon, guidé par son nez de loup.

Je le suis et le regarde s'agenouiller près de la siren pour l'examiner.

— J'avais tellement de questions, soupire-t-il, un peu agacé. Et maintenant, c'est trop tard.

L'un de ses loups nous rejoint. La lumière s'accroche à quelque chose autour de son cou. J'inspire vivement en comprenant qu'il s'agit d'un collier.

— Système anti-siren, m'explique M. Moon, qui a suivi mon regard. Ana a eu la gentillesse de le porter, même si elle a fait partie de la Meute et a été contrainte de porter un collier autrefois.

La louve grogne doucement à la mention de la Meute. Je compatis. Je refuse pour ma part de porter à nouveau un collier. Je l'admire pour sa force mentale.

— Je l'aurais laissée en vie si j'avais ce genre de choses à ma disposition, mais comme je vous l'ai dit, je ne savais même pas qu'elle était dans le coin. Si vous étiez arrivés quelques minutes plus tôt…

J'observe le corps sans vie, toujours chaud et indemne, mis à part la blessure à la tête. La siren a peut-être quelques contusions suite à sa chute, mais rien de mortel. En dehors de l'évidence.

— Je n'en reviens pas de faire cette suggestion, mais nous pourrions essayer de la ressusciter, dis-je lentement.

Je me sens idiote de proposer ça. Je tue les gens, je ne les ramène pas à la vie, moi.

— Elle n'est pas en état de mort cérébrale après une strangulation ?

— Mmmm. Vous avez peut-être raison. Je suis douée pour tuer les gens. Je n'ai jamais essayé de les *détuer*. À la télévision, ils feraient un massage cardiaque.

M. Moon m'adresse un sourire indulgent. Je préfère éviter de le considérer comme condescendant, parce que je ne veux pas me disputer avec lui. Il se tourne en direction de la porte.

— Jack ! crie-t-il.

Un loup noir avec une tache grise sur le poitrail avance tranquillement dans la pièce et penche la tête devant son alpha.

— Nous avons besoin de tes compétences. Transforme-toi.

À le regarder et l'écouter, sa métamorphose a l'air bien plus douloureuse que la mienne. Son front est couvert de sueur et ses yeux bordés de rouge quand il redevient enfin humain. Je l'ai déjà vu. Il a réalisé une sorte de tour de magie en se servant de mes souvenirs pour découvrir que les loups accompagnaient l'Hypnotisse. Sans ses compétences, nous n'aurions même pas su qui les avait envoyés. Malgré tout, j'ignore ce qu'il compte faire à présent. Puisque je n'ai pas laissé à la siren l'opportunité de s'exprimer, le loup n'a aucun souvenir à chercher.

— Oui, patron ? demande Jack.

Son bouc gris clair me rappelle la tache sur son poitrail.

— Tu te souviens de Kimdentown ?

Jack soupire.

— Difficile d'oublier. Par pitié, ne me demandez pas de recommencer.

— S'il te plaît, Jack. Ne m'oblige pas à te l'ordonner. Nous avons besoin d'informations et elle est encore chaude. Il n'est sans doute pas trop tard.

— Attendez, de quoi parlez-vous ? les coupé-je.

M. Moon se tourne vers moi.

— Jack n'est pas seulement capable de voir les échos des vivants. Il peut aussi consulter les souvenirs des personnes décédées il y a peu.

— Ce n'est pas une science exacte, explique l'intéressé, clairement malheureux. Et c'est très douloureux pour moi. Quand je pénètre dans l'écho, je dois rester jusqu'à la fin. Je dois expérimenter la mort de la personne. Est-ce que celle-ci a été rapide ?

J'aurais aimé pouvoir répondre par l'affirmative, mais je ne veux pas mentir au loup. Autant qu'il se prépare à ce qui l'attend.

— Trente secondes avant d'être inconsciente, et environ deux minutes jusqu'à ce que son cœur s'arrête. Elle s'est un peu débattue. Oh, et elle s'est cogné la tête quand je lui ai sauté dessus.

Jack gémit.

— Génial. Pile ce dont j'avais besoin.

— Nous pouvons essayer de te faire sortir plus tôt, lui propose M. Moon.

Il est évident que le bien-être des membres de sa Troupe lui importe, et en même temps, il est impatient d'obtenir des résultats. Si Jack refuse, je suis certaine que M. Moon le lui ordonnera de toute façon. Lennox m'a parlé du pouvoir d'un alpha sur sa meute. Un alpha puissant – et je suis persuadée que M. Moon l'est extrêmement – est capable de soumettre ses loups à sa volonté.

— Non, je ne pense pas que ça fonctionnera. Ça pourrait empirer les choses.

Jack soupire une nouvelle fois.

— Je ferais mieux de m'y mettre, avant que son écho ne s'estompe. Je vais essayer de plonger le plus loin possible, mais je ne peux rien vous promettre. Ce n'est que la deuxième fois que je fais ça avec un cadavre.

Il s'assied en tailleur près de l'Hypnotisse, s'installant confortablement. Il pose la main sur le front ensanglanté de la siren et ferme les yeux. Tout à coup, toute la tension semble disparaître de son corps. Je lui envie cette capacité à se relaxer. Ai-je déjà été détendue… un jour ?

— Avez-vous eu le temps de fouiller la maison ? me demande tout bas M. Moon.

Je secoue la tête.

— Vous êtes arrivés avant.

J'indique Jack d'un signe du menton.

— Il en a pour longtemps ?

— Aucune idée. À Kimdentown, ça lui a pris une demi-heure. Je suggère que nous en profitions pour essayer d'en apprendre plus sur les raisons de la présence de l'Hypnotisse ici. Elle s'est déplacée dans tout le pays en suivant des trajets étranges et illogiques. Nous avons perdu sa trace il y a quelques jours, puis un métamorphe du coin m'a contacté pour me parler d'une femme mystérieuse vivant seule dans les bois. Nous ignorions que c'était elle avant de tomber sur des loups mutants morts. Votre œuvre, j'imagine ?

— Oui, ils étaient sur mon chemin. C'est comme ça que j'ai

découvert la présence de l'Hypnotisse. Je ne l'aurais jamais cherchée, autrement. Mais je ne voulais pas qu'elle puisse s'approcher de ma famille.

— Ah, oui, Lennox m'en a parlé. Félicitations.

Je grimace intérieurement. Allons-nous papoter bébés, maintenant ? Je n'espère pas.

— Fouillons cet endroit. Je me charge de cette pièce, et vous de la chambre ?

M. Moon hausse les épaules.

— Très bien. Si vous trouvez quelque chose, criez.

Ma recherche est un échec total. Tout ce que je déniche, c'est un sac à main rempli d'argent, un miroir minuscule et un rouge à lèvres rouge vif. Je le renifle, pour le cas où il serait imprégné de poison, mais non. Ce sac à main est si banal, même si j'ignore à quoi devrait ressembler celui d'une siren diabolique. Pas à ça, en tout cas. Je fais un tour rapide à la cuisine, mais en ressors bredouille aussi. Les couteaux que j'ai récupérés tout à l'heure constituent ses possessions les plus utiles. À moins qu'elle n'ait versé du poison dans sa lessive, il n'y a rien ici.

Avant que je ne puisse examiner la salle de bains, composée seulement d'une baignoire en bois et d'un trou au-dessus du sol en guise de toilettes, puisqu'il n'y a pas l'eau courante dans la cabane, M. Moon sort de la chambre en agitant une enveloppe.

— Cachée dans une lame du parquet, annonce-t-il en souriant. Comme dans les livres.

Je ne l'aurais pas pris pour un amateur de lecture, et en même temps, je ne sais pas grand-chose sur lui.

Il brandit l'enveloppe, et je la lui prends des mains. À l'intérieur se trouve un unique feuillet, légèrement froissé, comme s'il avait été mouillé, puis séché.

— « Ma fille adorée », lis-je avant de redresser la tête, les sourcils haussés. C'est quoi ce bordel ?

— Continuez, m'encourage-t-il, un grand sourire aux lèvres.

Ma fille adorée,

J'espère que tu te portes bien. J'ai suivi tes projets de loin et je suis très fière de toi.

J'ai le regret de t'annoncer que notre expérience s'est enfuie et a emporté mon bébé avec elle. Ton père les a suivies jusqu'à Attenburgh et je m'apprête à le rejoindre demain par le train. Cet événement fâcheux pourrait accélérer nos projets, donc peut-être que nous pourrons nous retrouver. Ton père ignore que je t'écris, mais je suis certaine qu'il reconsidérera ton exil maintenant que le nid s'est vidé, pour ainsi dire. Tes compétences seront utiles dans les jours à venir ; je suis sûre qu'il s'en rendra compte. Il a beau être un homme têtu, je pense pouvoir le persuader que ta présence apportera plus de bien que de mal. De l'eau a coulé sous les ponts depuis les événements du passé, et lorsque nous aurons enfin le pouvoir, plus personne ne se souciera de ce qui s'est produit.

S'il te plaît, rejoins-nous à Attenburgh au plus vite.

Avec tout mon amour,
Maman

J'ai envie de vomir à la fin de ma lecture. « Notre expérience », c'est moi. Cette lettre a été écrite par Gill Delaney, j'en suis persuadée. Ce qui signifie que l'Hypnotisse est la fille de Delaney.

— Vous le saviez ? demandé-je à M. Moon.

— Quoi ?

— Qu'elle était la fille de Delaney.

— J'ai entendu des rumeurs, mais tout ce que je savais avec certitude, c'était qu'elle venait d'une famille de sirens puissants. Ça aurait pu être n'importe lesquels. Quelle importance ?

Il n'est pas au courant.

— Parce que Delaney m'a kidnappée et retenue prisonnière pendant des mois. Parce qu'il a fait des expériences sur ma sœur. J'ai tué sa femme aujourd'hui. Il est le suivant sur ma liste.

Il me fixe, les yeux écarquillés.

— Lennox ne m'a jamais dit qui c'était. Il n'en a pas eu l'occasion, j'imagine. Peu après qu'ils vous ont retrouvée, il m'a contacté au sujet d'une question concernant les métamorphes, sans en dire plus. Il semblait pressé. Je ne lui ai pas parlé depuis. Je me suis dit qu'il me contacterait si vous aviez… si vous n'alliez pas bien.

Je soupire.

— J'imagine que personne n'aurait soupçonné la femme que vous traquiez d'être la fille de mon tortionnaire. Ça n'aurait pas changé grand-chose, de toute façon. Maintenant, si. La fille et la femme de Delaney sont toutes les deux mortes. Ça ne va pas lui plaire. Il risque de commettre des erreurs.

M. Moon m'adresse un sourire carnassier qui met mal à l'aise le félin en moi.

— Espérons-le. Bien que nous ayons perdu l'Hypnotisse, nous nous tiendrons prêts à vous aider, si vous avez besoin de nous. Ses parents avaient besoin d'elle pour ses projets, donc ça impliquait très certainement des loups. Elle était une experte dans son domaine consistant à nous contrôler et faire des expériences sur nous.

— Moon ! crie Jack depuis le salon.

Sans hésiter, nous nous y précipitons en courant tous les deux.

Le métamorphe est toujours par terre à côté du sol, l'air plus vivant que tout à l'heure, mais désormais tout aussi pâle que la siren. Il ne semble pas avoir assez de forces pour se lever. Merde. J'ignorais que ça l'affecterait autant. Je me sens presque coupable. Si je ne l'avais pas tuée, M. Moon et sa Troupe auraient pu obtenir plus facilement des informations de sa part.

— Qu'est-ce que tu as vu ? demande l'alpha sur un ton péremptoire, mais son regard s'adoucit quand il avise l'apparence de Jack. Tu veux de l'eau ?

L'autre homme secoue la tête.

— Je ne pense pas que mon estomac le supporterait. J'ai besoin d'un peu de repos avant qu'on reparte.

— Pas de problème.

— Vous changerez sans doute d'avis quand je vous aurai dit ce que j'ai vu.

Il frémit.

— Kat n'a tué que certains de ses mutants. Il y en a beaucoup plus, au moins une cinquantaine, et tous convergent vers Attenburgh. Elle en a créé plein. Je n'ai pas tout vu en détail, mais je crois qu'elle a mélangé de l'ADN d'ours avec le nôtre. Certains mutants ressemblent à peine à des loups et sont forts. Nous devons nous montrer prudents.

— Cinquante ?

M. Moon passe la main dans sa barbe hirsute.

— Je vais prévenir les autres. Nous allons avoir besoin de toute la Troupe pour ça.

— J'ai eu des flashs d'un appel qu'elle a passé à sa mère. Une femme snob. Je n'ai pas entendu toute la conversation, mais suffisamment pour savoir ce qu'ils prévoient.

— Et c'est quoi ? demandé-je sèchement.

— Ils veulent diriger le pays tout entier.

CHAPITRE 13

Lady Lara n'est pas ravie d'être réveillée à 4 heures du matin, mais dès qu'elle réalise que c'est moi, elle ouvre la porte et m'invite à entrer. Il s'agit de son appartement privé, dans lequel je n'ai pénétré qu'une seule fois pour estimer la sécurité. Ryker, Lennox et Gryphon me suivent sans un mot. J'ai à peine eu le temps de leur parler à mon retour à la maison. Il était plus important que je m'adresse à la maire.

Elle resserre sa robe de chambre duveteuse bleue et nous prie de nous asseoir. Bien que plus accueillant que son bureau, son salon n'a pas l'air occupé souvent et ne ressemble pas à un foyer.

— Quand a lieu le congrès ? demandé-je sans préambule.

Elle me lance un regard étrange.

— Comment êtes-vous au courant ?

— Quand ?

— Dans deux jours. C'est top secret, donc comment l'avez-vous su ? Je comptais vous en parler le jour même pour que vous puissiez être mon garde du corps. Nous avons reçu pour consigne de garder cette information pour nous. Si quelqu'un nous pose la question, nous devons répondre qu'il s'agit d'une conférence sur le commerce.

— De quoi s'agit-il en réalité ? intervient Ryker en ravalant de justesse un bâillement.

— Une réunion regroupant tous les dirigeants des plus grandes villes et le gouvernement, y compris le Premier ministre. Il n'y avait pas eu de rassemblement aussi important depuis dix ans au moins, je dirais. Je n'avais jamais rencontré le Premier ministre, et maintenant, ils viennent tous à Attenburgh.

— Pourquoi ici ? la questionné-je.

— Ce n'est ni la capitale ni une des plus grandes villes, donc elle est plutôt discrète. Un faible taux de criminalité, peu de journaux pour en parler, suffisamment de bons hôtels pour que tout le monde puisse loger sur place. En outre, nous possédons une salle de réception suffisamment grande pour tout le monde. Cela fait deux semaines seulement que la décision a été prise de tenir le congrès ici. J'ai été très surprise, pour être honnête. En règle générale, le gouvernement nous ignore et nous laisse à nos affaires, tant que nous payons les impôts. Donc, c'était inattendu.

— Les membres du conseil municipal sont-ils au courant ?

— Non, je suis la seule invitée. Si certaines décisions prises peuvent affecter Attenburgh, je devrai leur dire que le congrès a eu lieu, mais ils n'auront pas leur mot à dire.

Elle lève les yeux au ciel.

— Ça ne va pas leur plaire. Ils trouvent déjà que j'ai trop de pouvoir. Je n'en ai pas plus que les autres maires, en réalité, mais eux étaient ouverts aux pots-de-vin et plus faciles à manipuler. Moi, je suis une femme indépendante.

Elle sourit fièrement, et je ne peux retenir mon admiration pour elle. Elle a accompli beaucoup de choses en très peu de temps.

— Pourquoi toutes ces questions ? Vous ne m'avez toujours pas dit comment vous avez découvert ça. Si l'information a fuité, il faut que je le sache.

— Vous vous souvenez des colliers dont je vous ai parlé et qu'utilisait la Meute où nous avons grandi Lennox et moi ?

— Oui, ils vous empêchaient de vous transformer et vous rendaient plus faciles à contrôler. C'est horrible.

Elle frissonne et semble sur le point de me prendre la main, puis se ravise et s'adosse à son canapé en cuir en haussant les sourcils pour m'encourager à poursuivre.

— Pas seulement plus faciles à contrôler. Certains métamorphes ont perdu tout libre arbitre avec les colliers. Ils sont devenus des esclaves sans cervelle obéissant à n'importe quel ordre. Lennox et moi sommes assez forts pour ne pas être totalement tombés sous leur pouvoir, mais nous rebeller n'a pas été facile, à cause des colliers.

Je soupire et me prépare à lui annoncer les nouvelles. Ça ne va pas être beau à voir.

— Un groupe de sirens, dirigé par Lord Delaney, a développé un nouveau collier, mais pas pour les métamorphes, cette fois-ci. Pour les humains.

Elle écarquille les yeux, sous le choc.

— Pour les humains ?

— Oui, et plus précisément vous et les autres personnalités politiques qui seront rassemblées ici. Ils veulent vous transformer en marionnettes. Pas besoin de renverser les personnes en place. Aux yeux de la population, tout sera comme avant. Et si les politiciens commencent à adopter des lois pour supprimer les citoyens, ce sont les politiciens, donc vous, qu'ils critiqueront, sans soupçonner que vous êtes dirigés par quelqu'un d'autre.

— Ce n'est pas vrai, balbutie Lady Lara. Ce n'est pas possible.

Gryphon se racle la gorge.

— Croyez-moi, c'est possible. Pour un siren, les métamorphes sont plus difficiles à contrôler que les humains. Je pense que si les colliers ont marché sur les métamorphes, c'est parce qu'ils éprouvent, pour la plupart, le besoin inné d'obéir aux ordres d'un alpha. Le collier a remplacé leur alpha, exploitant cette vulnérabilité génétique. Maintenant, ils ont dû trouver un nouveau mode de fonctionnement pour les colliers, sans doute en imitant les capacités des sirens.

— Vous avez commencé à utiliser des technologies anti-sirens, enchaîné-je après lui. Tout comme certains de vos collègues. Bientôt, tous les autres feront pareil. Lord Delaney est le conseiller du Premier ministre. Je doute qu'il soit parvenu à ce poste en se servant uniquement de son charme. Nous présumons que le Premier ministre est contrôlé par les sirens, et ce, depuis un moment. C'est le développement des technologies anti-sirens qui les pousse à intervenir et s'assurer que vous pourrez tous être contrôlés.

— Comment le savez-vous ? murmure la maire.

— Les Delaney ont une fille. Elle est morte, à présent, tout comme sa mère, mais nous avons réussi à obtenir quelques informations de sa part.

Je ne précise pas que l'Hypnotisse était déjà morte quand nous lui avons soutiré ce qu'elle savait.

— Elle était venue porter son soutien au projet des sirens. Nous ne savons pas encore précisément quel rôle elle était censée jouer, mais nous savons qu'elle contrôlait des loups mutants, bien plus forts que les métamorphes classiques. Peut-être qu'elle devait assurer la sécurité de l'événement, veiller à ce que personne ne puisse s'échapper pendant qu'ils vous enfileront les colliers. Je présume que vous comptez tous venir accompagnés de gardes du corps, donc les mutants seraient là pour régler ce problème.

— La plupart des sirens ne savent pas se battre, explique Gryphon. Ils ont plutôt l'habitude de contrôler les gens grâce à leur esprit. Ils ont besoin des autres pour faire le sale boulot à leur place.

— Mais… balbutie Lady Lara.

Je ne l'ai jamais vue perdre son sang-froid à ce point jusque-là. On aurait dit que sa confiance en elle s'était évaporée en quelques secondes.

— Comment peuvent-ils faire ça ?

— Les humains sont tout en bas de la chaîne alimentaire, dis-je, de manière bien plus brutale que prévu. Vous l'ignorez, mais c'est vrai. Les sirens et les métamorphes ont davantage évolué. À vrai dire, je suis surprise que les sirens soient restés si longtemps à l'écart. J'imagine que la vie est plus facile pour eux quand ils n'ont pas à s'occuper de la paperasse eux-mêmes. Pendant ce temps, ils ont rempli leurs coffres, vécu aux dépens des autres, et veillé à préserver leurs intérêts. Vous pouvez être sûre que Delaney n'est pas le seul siren à occuper un poste élevé en politique.

Gryphon sort un papier de sa poche.

— Les MacFay nous ont transmis cette liste de personnalités importantes qu'ils pensent être des sirens. Je n'ai pas eu l'opportunité de la contrôler, mais les chats de Ryker sont sur le coup.

L'intéressé opine.

— J'ai formé certains d'entre eux à différencier l'odeur des humains et des sirens. Je ne peux cependant pas vous garantir que mes chats trouveront tous les gens de la liste. Ils ne peuvent pas vraiment leur demander leur nom pour être sûrs.

— Donc demain, à la première heure, je pars enquêter, indique Gryphon. Mais pour l'heure, nous devons rentrer, Kat n'a pas du tout dormi.

Je me lève et constate que j'ai les seins lourds. Je gémis.

— Et je dois nourrir la portée. Je comprends pourquoi les gens avaient des nourrices, autrefois.

Lorsque nous rentrons à la maison, le soleil se lève déjà lentement à l'horizon, baignant le monde de sa lumière orangée. Je fais rouler mes épaules et me tourne en direction du soleil, afin qu'il me caresse le visage. J'aimerais pouvoir me rouler en boule et dormir toute la journée. Cependant, je dois nourrir des bébés et faire des projets.

Au moins, les gars ont pu dormir. Je suis pour ma part réveillée depuis une éternité. J'ai pénétré dans un manoir bien gardé, tué une femme importante, libéré deux otages, avant de les interroger, donné une cérémonie des noms, tué quelques loups mutants et leur cheffe, puis, pour finir, j'ai réveillé la maire pour une réunion de crise. Je devrais recevoir une médaille, pour avoir réussi à faire tout ça en une seule journée. Pas étonnant que je sois éreintée.

Je manque de m'endormir en allaitant les petits. Cela dit, leurs mordillements et morsures m'empêchent de sombrer totalement dans le monde des rêves. Ryker m'assiste, prenant un bébé et me tendant le suivant, veillant à ce que je n'aie pas à me lever de mon fauteuil à bascule. Lorsqu'il me tend Vamp – non, Donna –, il ravale un bâillement. Même s'il a dû dormir quelques heures pendant que je me baladais dans la nature, ce n'était pas suffisant.

Donna se jette sur mon sein et l'agrippe entre ses petites mains. Elle pousse de petits bruits de bonheur en tétant, presque un ronronnement. J'échange un regard avec Ryker, qui sourit de bonheur.

— Oui, c'était un ronron. Son premier vrai. Je suis vraiment ravi de t'avoir tenu compagnie.

Je caresse la tête de Donna et lui souris. Ses paupières closes masquent ses prunelles vertes. Elle est si adorable, à croquer.

Quand elle a enfin terminé, je chancelle jusqu'à la chambre, où Gryphon et Lennox sont déjà profondément endormis et étalés sur le lit. Comment osent-ils ? Gryphon a les bras tendus au point que sa main effleure l'épaule de Lennox, ce qui signifie qu'ils occupent tout le matelas. Je soupire. Je suis trop épuisée pour me battre pour une place dans mon lit.

— L'autre chambre ? murmure Ryker.

J'opine, soulagée qu'il ait compris sans que je le lui dise.

Nous nous blottissons l'un contre l'autre dans le lit plus petit de la chambre d'amis, lui derrière moi. Je suis trop fatiguée pour protester et savoure simplement son étreinte qui m'accompagne dans un sommeil profond.

❀ ❀ ❀ ❀ ❀ ❀

C'est l'odeur du bacon qui me réveille. Je me lèche les lèvres et les écarte en grand. Un morceau de bacon croustillant s'approche de ma bouche, et je l'arrache des mains de Lennox sans ouvrir les yeux. C'est parfait.

— Tu as versé du sirop à l'herbe à chats dessus ? demandé-je après avoir dévoré le bacon à une vitesse record.

— Ne le dis pas à Lily. Elle n'approuve pas.

Je gémis.

— Elle n'approuve jamais les trucs amusants. Je crois qu'elle n'a pas simplement caché ma réserve d'herbe à chats, mais qu'elle l'a jetée.

— Non. Je sais où elle est.

J'ouvre les yeux et le fusille du regard.

— Ah oui ?

— Je ne te le dirai pas. Je le garderai pour les occasions spéciales.

Je lui jette un oreiller, qu'il évite sans peine.

— Disons que c'est ma police d'assurance.

— Pourquoi tu en aurais besoin ? demandé-je avant de lui arracher le deuxième morceau de bacon des mains.

— Si j'ai de l'herbe à chats, tu ne me quitteras pas.

J'arrête de mâcher et me contente de le dévisager. Il évite mon regard, mais son rythme cardiaque s'accélère. Je me redresse et l'attrape pour qu'il s'assoie sur le lit près de moi.

— Je n'ai aucune intention de te quitter, affirmé-je sur un ton ferme. Tu es coincé avec moi. Mais pourquoi est-ce que tu penses ça ?

— Pour rien. Et si on allait prendre le petit déjeuner ?

Il fait mine de se lever, mais je suis plus rapide que lui. Je l'attrape par le menton et l'oblige à me regarder.

— Dis-moi.

— Je n'aurais pas dû dire ça. Tout va bien.

— Il faut que je sorte mes couteaux ?

Il grimace, puis baisse les yeux vers le lit, pour ne pas avoir à me regarder dans les yeux. Une peur glaciale me remonte l'échine. Est-ce qu'il veut rompre avec moi ? Ai-je fait quelque chose de mal ?

— Pendant ton absence, quand tu t'es fait kidnapper, je veux dire, tu m'as manqué. Au début, je ne savais pas comment avancer. La vie sans toi me paraissait inutile. Je sais que ça va te paraître stupide, parce qu'on n'est pas ensemble depuis longtemps, mais c'est le sentiment que j'avais. Tout me paraissait si vide. Oui, les autres étaient toujours là et nous étions occupés à te chercher, mais c'était la pire période de ma vie. Pire encore que quand je portais le collier et étais l'esclave de la Meute.

Je lui prends les mains et les serre, essayant de lui transmettre autant d'amour que possible par ce simple toucher. J'aimerais l'enlacer, mais je devine qu'il n'a pas terminé.

— Quand on t'a retrouvée, c'était comme si le soleil se levait enfin après des mois d'obscurité. Tu n'étais pas en très bon état, mais tu étais en vie et avec nous. Je pensais que la vie pourrait revenir à la normale…

— Mais ensuite, j'ai eu quatre bébés, complété-je avec un sourire forcé.

— Ce n'est pas ce que j'allais dire. Oui, je ne m'attendais pas à ces bébés, mais ce n'est pas le problème. Mon cœur s'est brisé quand tu t'es fait enlever. Pareil pour les autres, nous en avons discuté. Nous étions en mille morceaux, et tu étais la seule capable de tous les recoller pour qu'on soit à nouveau entiers. Mais…

Cette fois-ci, j'attends en silence, sans l'interrompre. C'est douloureux d'entendre ça. Bien plus que n'importe quelle blessure physique qu'il pourrait m'infliger.

— Mais tu n'as pas ressenti la même chose, avoue-t-il tout de go. Est-ce qu'on t'a manqué autant que tu nous as manqué ? Étais-tu aussi brisée ? Ou bien aurais-tu pu continuer ta vie solitaire sans nous sans problème ?

Ses questions me transpercent comme des couteaux, me lacèrent le cœur.

— Brisée ? répété-je doucement. Bien sûr que je l'étais. Bien sûr que vous me manquiez. Penser à vous trois était la seule chose qui me permettait de rester saine d'esprit. Sans vous, j'aurais craqué sous la torture de Delaney. Alors oui, vous m'avez manqué. J'étais brisée. Je le suis encore. Je suis désolée si vous ne le voyez pas, mais c'est la vérité. Je ne suis pas douée pour montrer ce que je ressens. Tu le sais, tu me connais depuis toujours. Qu'est-ce que je devrais faire ? Pleurer dans un coin ? Je ne peux pas. J'ai des enfants qui comptent sur moi, désormais. J'ai des responsabilités.

Ma douleur cède la place à une colère incandescente. Comment ose-t-il ? C'est moi qui ai été enlevée, torturée, soumise à des expériences, pas lui. Tout ce qu'il a eu à faire, c'est supporter mon absence. Alors comme ça, je lui ai manqué ? Bien. Je n'en attendrais pas moins de mon partenaire. Pourquoi croit-il qu'il ne m'a pas manqué ? Que je vais le quitter ? Je ne saisis pas.

— Je sais, marmonne-t-il. Crois-moi, je le sais. Mais…

— Pas de mais. Tu ne peux pas me demander de rester prostrée ici à me morfondre sur le fait que tu m'as manqué. Qu'est-ce que je dois faire pour te convaincre ? Pleurer ? Ramper ?

Il soupire profondément.

— Parle-nous. C'est tout ce qu'on demande. Ce que *je* demande. Ne garde pas tout pour toi. Je sais que tu m'aimes, mon cœur le sait, mais j'ai besoin de l'entendre de temps à autre. Tu n'es pas une femme sentimentale, j'ai saisi. Mais… je t'aime. Et j'ai besoin de plus. De plus de toi.

— Tu aurais peut-être dû le comprendre avant d'accepter de

me partager, rétorqué-je sèchement. Tu ne peux avoir qu'un tiers de moi.

— Ce n'est pas ce que je voulais dire et tu le sais. Notre famille un peu plus grande qu'une famille classique me convient. Je me suis habitué à la présence de Ryker et Gryphon. Tu mérites de les avoir dans ta vie. Mais j'ai le sentiment que tu nous repousses et ça me fait mal.

Tout comme ses mots me blessent. Chacun d'eux est un coup de poignard au cœur de ma poitrine. Ma colère disparaît, ne laissant que vide et épuisement.

— Je ne sais pas quoi faire, marmonné-je, horrifiée de l'admettre.

Je ne devrais pas le reconnaître. C'est intime. Et en même temps, c'est bien ce qu'il me demande. De me confier davantage à eux. Même si c'est sacrément embarrassant.

— Je ne sais pas comment vous montrer ce que je ressens. Comment je peux savoir si c'est suffisant, si tu as besoin de plus ?

— Je ne sais pas. C'est tout nouveau pour moi aussi. Je n'ai jamais eu de relation avant celle-ci, moi non plus. Mais je crois que nous devons parler. Tu dois nous raconter ce qu'il t'est arrivé. Plus de secrets. Mettons tout à plat. Nous t'avons raconté beaucoup de choses sur la période où tu étais captive, mais si tu as d'autres questions, je serais heureux d'y répondre. Je crois que nous avons surtout parlé de ce que nous avons fait, pas ressenti.

— Eh bien, tu viens d'admettre que je t'avais manqué. Ça me suffit.

Pour être honnête, c'était agréable à entendre. Et le fait qu'il m'aime. Peut-être a-t-il raison et avons-nous besoin de nous le dire plus souvent les uns aux autres. Je suis partie du principe qu'ils le savaient, mais il semblerait que mes hommes soient stupides et ne voient pas ce qu'il y a devant leur nez. Classique.

— Oui, on parlera, concédé-je. Mais pas tout de suite. Il y a une attaque de siren qui se prépare, et je n'ai aussi pas encore eu le temps de me pencher sur les meurtres survenus près de la mairie. Et je veux discuter à nouveau avec les MacFay. Et…

— Non, me coupe-t-il brusquement. Si tu es sérieuse dans ta volonté de faire plus d'efforts pour nous, nous devons passer en premier. Je sais que toutes ces choses sont importantes, mais nous aussi. Il y aura toujours quelque chose qui se mettra en travers de ton chemin, sinon. Un autre meurtre, une nouvelle affaire. Arrête de nous faire passer en seconds. Nous sommes ta famille et nous méritons d'être ta priorité.

— Je nourris les bébés tout…

— Stop.

Il se lève et me surplombe. Il est en colère, mais il y a aussi autre chose qui luit dans ses yeux. De la déception ? Je n'espère pas. Je ne veux pas le laisser tomber. Il est mon plus vieil ami, et même si je déteste l'admettre, son opinion compte pour moi. Je ne veux pas vivre sans lui.

Oh bon sang, je vais vomir. Trop d'émotions. Combien de fois ai-je utilisé mentalement le mot en « A » ces derniers temps ? Je suis en overdose d'amour. C'est dangereux pour un assassin comme moi.

— On va parler maintenant, ordonne-t-il.

À ma grande surprise, j'opine. Mon corps semble décidé avant mon esprit. Le moment est-il vraiment bien choisi ? Je ne crois pas. J'ai des choses à faire et… il a raison. Il y aura toujours *des choses*.

— Très bien. Les autres sont par là ?

Je sais déjà que oui, je les ai sentis à mon réveil. Inconsciemment, je cherche toujours mes compagnons, pour savoir où ils sont. Je devrais peut-être le leur dire. Ils se sentiront peut-être tout chauds et tout chose de le savoir.

— Pas la peine de répondre, enchaîné-je très vite avant qu'il ne le fasse. Je le sais déjà. Je le sais toujours.

Il m'adresse un petit sourire.

— Déjeunons d'abord. Mieux vaut ne pas faire ça le ventre vide. Après tout, tu as mangé tout mon bacon. Je meurs de faim.

Je souris. Je ne sais pas ce qui va se passer, mais je sais qu'il n'y a pas d'autre solution.

Je vais devoir me battre, comme toujours.

CHAPITRE 14

*O*ubliez tout ce que j'ai pu dire : ça, c'est pire que de la torture.

Les trois gars sont assis en face de moi, me donnant l'impression d'être sur le banc des accusés. Ils se sont entassés sur un canapé trop petit pour ça, et leur inconfort semble à la mesure de celui que j'éprouve. Je n'aurais pas dû accepter ça.

Je fais craquer mes doigts, brisant le silence. Comme j'aimerais pouvoir frapper quelque chose, là, tout de suite. Ou quelqu'un. De préférence, avec beaucoup de sang et la mort au bout.

Lily a accepté de s'occuper des bébés pendant cette « intervention ». C'est ainsi qu'elle l'a appelée avec un rire diabolique. Elle sait pertinemment que je déteste ça. Parler de mes sentiments. Beurk. Quelle perte de temps.

— Nous sommes réunis ici aujourd'hui…, commence Gryphon, et je ne peux m'empêcher de rire.

— Sérieux ?

Il hausse les épaules.

— Je voulais conférer un peu de maturité à la scène.

— On aurait dit un mariage ou des funérailles. On ne va pas se marier, rassurez-moi ?

Leur expression est impayable. Et me fait flipper. Aïe. Ils comptaient vraiment faire leur demande ? Je n'espère pas. Déjà, parce que nous ne trouverons jamais quelqu'un désireux de nous marier tous les quatre. Attenburgh est plutôt en avance sur son temps, mais pas à ce point. Et en outre, je n'ai jamais eu l'intention de me marier. J'ai porté un collier toute mon enfance ; pas besoin d'une nouvelle corde au cou.

— Non, réplique-t-il d'une voix monotone. J'imagine que nous devrions commencer par te dire pourquoi nous voulions avoir cette conversation.

— Pas besoin. Ryker et Lennox s'en sont déjà chargés. En détail.

Le premier a la décence de rougir un peu, mais le deuxième m'adresse un sourire suffisant. Il est ravi d'avoir eu gain de cause. La vengeance est un plat qui se mange froid, petit chiot. Elle sera terrible et aura un goût d'herbe à chats.

— Mais pas moi. Avant que tu commences, je veux te dire que je t'aime. Je l'ai déjà dit et je le répéterai encore, aussi souvent que nécessaire.

— Moi aussi, je t'aime, marmonné-je tout bas. Je vous aime tous les trois.

Il pouffe.

— C'est agréable à entendre. Comme la plus belle des déclarations jamais prononcées.

— Arrête de jouer les poètes, s'agace Lennox en lui donnant un coup de coude dans les côtes. Dégaine ta métaphore du couteau.

— La métaphore du couteau ? répété-je, curieuse.

Gryphon soupire.

— Je la gardais pour plus tard. Mais d'accord. Imagine une lame, acérée et de la meilleure qualité qui soit. Le genre de poignard que tout assassin rêverait de posséder. Il n'y a qu'un seul problème : il est couvert du sang séché de ses précédentes victimes. Il y en a tellement que la lame a rouillé. Elle n'est plus aussi aiguisée, plus aussi fiable. Pour que le couteau redevienne aussi parfait qu'avant, nous devons nettoyer le sang et le lustrer. Et…

— C'est moi le couteau ? le coupé-je. Et c'est moi que tu traites de rouillée ?

Ryker ricane.

— Je vous avais dit que cette métaphore était stupide, mais vous ne m'avez pas écouté, tous les deux. Imbéciles.

— Elle n'est pas stupide, grommelle Gryphon en m'adressant un regard de chien battu.

Ça ne devrait pas être le boulot de Lennox, ça ?

— Si vous voulez me nettoyer, on peut poursuivre dans la douche, suggéré-je. Je suis partante.

Lennox agite le doigt dans ma direction.

— Arrête d'essayer de nous distraire. Ça ne marche pas.

Je cligne des paupières et bombe les seins.

— Ah non ?

Gryphon éclate de rire.

— Tu as beaucoup de talents, Kat, mais la séduction n'en fait pas partie.

Je lui lance un regard assassin.

— Attends que je t'attache au lit et que…

— Kat, m'interrompt Ryker, revenons-en à notre problème, sinon, on va en avoir pour la journée. Et même si j'adore passer du temps avec toi, nous sommes tous conscients de ce qu'il se passe dehors. Alors, tu es prête à te confier à nous ?

Je secoue la tête.

— Pas vraiment.

Son regard s'adoucit.

— Que peut-on faire pour te faciliter les choses ? Comment est-ce que je peux t'aider ?

— On ne peut pas laisser le passé là où il est ? Ce n'est jamais bon de le déterrer. Le présent est bien plus important que ce qui s'est produit avant.

— Pas si le passé influence le présent, argumente Gryphon. Ça nous affecte ainsi que notre relation. Je suis sûr que tu t'en rends compte.

— Oui, avoué-je à contrecœur.

— Alors, on doit faire ça. Tu ne nous as jamais dit ce qui t'était arrivé. Est-ce que c'est bien de tout enfouir en toi ? Je ne crois pas.

— Vous savez qu'il m'a gardée prisonnière, répliqué-je, en évitant le sujet principal. Vous savez que c'est là que j'ai rencontré Sophie et que je me suis échappée avec elle. Et vous savez qu'il m'a engrossée d'une manière ou d'une autre sans que je le sache. Il m'a dit qu'il avait réalisé des expériences sur moi, mais je ne m'en souviens pas. Soit j'étais inconsciente, soit il a manipulé mes souvenirs. Dans un cas comme dans l'autre, vous savez tout ce qu'il y a à savoir.

Ryker se lève et vient s'asseoir à côté de moi. Il me prend les mains et les serre gentiment dans les siennes.

— Nous savons tout ça, oui, mais qu'est-ce que tu as ressenti ? Comment as-tu réussi à survivre sans devenir folle ?

Je le regarde et me concentre sur ses grands yeux jaunes. La chatte en moi ronronne et a envie de le lécher. Ce n'est pas le moment, petite effrontée.

— Vous me manquiez, dis-je lentement. Je m'inquiétais pour vous. Je ne savais pas si vous alliez bien. Mon ravisseur savait où je vivais, donc il aurait pu revenir sur ses pas et vous faire du mal à tous. Et… j'étais effrayée.

Je soupire. C'est difficile à avouer. Mais c'est la vérité. J'éprouvais la peur de ma vie.

— Au début, c'était facile de résister. Je pensais pouvoir sortir bientôt. Ce n'était pas la première fois que j'étais coincée dans une cellule, et jusque-là, je m'étais toujours échappée. Mais ensuite, les tortures ont commencé…

Ma voix se brise, et je profite du silence pour mettre de l'ordre dans mes pensées. Jusqu'où aller dans les révélations ? Je ne veux pas trop en divulguer. Je refuse qu'ils me considèrent comme une femme faible.

— Continue, m'encourage Ryker avec un sourire chaleureux et patient. Ça ne changera pas notre estime pour toi, quoi que tu aies dû faire pour survivre. Tu n'es pas faible. Tu es la femme la plus forte que nous connaissons. Nous sommes à tes côtés.

Je soupire profondément. Nous sommes à un tournant. Soit je continue à me taire et je poursuis ma vie comme si de rien n'était, soit je déterre le passé pour qu'ils voient tout. Et alors, ils me verront *moi*. Mes peurs, mes échecs. Suis-je prête pour ça ?

Ryker me serre une nouvelle fois la main, et j'ai ma réponse. Oui, je suis prête pour ça.

— J'étais terrifiée, commencé-je, puis les mots se déversent de ma bouche.

Ils les accueillent tous, m'écoutant avec intensité. Et à chaque mot qui franchit mes lèvres, je me sens un peu plus légère.

*　·　*　·　*　·　*

Enfin, nous nous mettons en route pour la mairie, tous les quatre. Sophie nous a préparé le déjeuner, dont j'avais bien besoin après ces révélations qui m'ont épuisée émotionnellement. Cependant, ça m'a fait du bien, étonnamment, de parler de tout ça. Je ne vais pas en faire une habitude pour autant. À la fin, ils m'ont tous enlacée et j'ai failli pleurer. Failli. Je ne suis pas encore tombée si bas. Mais je n'en étais pas loin. Mes yeux me picotent quand je repense à mes hommes me disant qu'ils sont fiers de moi et qu'ils m'aiment. Je ne comprends toujours pas bien pourquoi ils avaient autant besoin de ça, mais je suis contente de l'avoir fait. Pour employer la métaphore de Gryphon, la rouille a été nettoyée et la lame est à nouveau affûtée.

Et elle va servir. D'abord, nous allons discuter avec Lady Lara à nouveau. Ensuite, nous nous en prendrons aux sirens sans leur laisser l'opportunité d'atteindre les personnalités politiques. Nous les frapperons avant qu'ils puissent agir. Grâce aux MacFay, nous possédons désormais une liste de quatre cibles. Nous les attaquerons en même temps. Pas pour les tuer, pas tout de suite. Nous les forcerons d'abord à tout nous raconter. À nous donner tous leurs contacts sirens. Puis, nous pourchasserons ces derniers. Et les suivants. Et ainsi de suite jusqu'à ce qu'Attenburgh soit entièrement purifiée.

Benjamin nous a équipés d'appareils anti-sirens – sauf Gryphon, évidemment. Voilà qui devrait nous être très utile. Gryphon ne pense pas que ces sirens seront aussi puissants que l'Hypnotisse, mais qui sait. Mieux vaut prévenir que guérir.

Nous ignorons si ces quatre personnes sont des sirens puissants ou non. Ce ne sont peut-être que le menu fretin des Crocs. Nous ne le saurons que lorsque nous les aurons tués. Nous allons d'abord à la mairie pour montrer la liste à Lady Lara. Peut-être qu'elle reconnaîtra des noms et pourra nous en apprendre davantage sur nos cibles. Avec plus de temps à notre disposition, nous aurions pu faire des recherches. Là, nous devons agir vite ; la petite intervention de mes garçons nous a déjà pris suffisamment de temps.

Le réceptionniste nous lance un regard plein d'ennui.

— Vous avez rendez-vous ?

— Non, mais Lady Lara acceptera de nous voir, répliqué-je.

Je connais ce type, il m'a laissée entrer des dizaines de fois, et pourtant, il a toujours un balai dans le cul. La barbe.

— Je vais l'appeler, déclare-t-il d'un air dubitatif, comme s'il ne croyait pas que la maire pourrait vouloir nous parler.

— Pas la peine, répliqué-je avec impatience en me dirigeant vers l'ascenseur.

— On n'a pas besoin de sa permission pour utiliser l'ascenseur ? demande Lennox. Je n'ai jamais réussi à rentrer sans son accord.

Je lui décoche un grand sourire.

— Mettre en place la sécurité d'ici a quelques avantages.

J'appuie simultanément sur les boutons du troisième et cinquième étage, jusqu'à ce qu'une petite sonnerie retentisse et que l'ascenseur monte.

— Il suffit de le forcer, expliqué-je joyeusement. Ne le dites à personne. Je ne suis pas censée m'en servir, sauf en cas d'urgence, mais discuter avec ce réceptionniste compte comme tel, non ?

Ils hochent la tête, même si j'ai l'impression qu'ils cherchent juste à se montrer conciliants. Ils sont bien conscients de ce que j'ai sacrifié pour eux aujourd'hui, alors, avec un peu de chance, ils me traiteront comme une reine dans les jours à venir.

Lady Lara nous attend dès la sortie de l'ascenseur. Monsieur Ronchon a dû la prévenir.

— Je pensais que vous arriveriez plus tôt, lance-t-elle en guise de salutation. Qu'est-ce qui vous a pris si longtemps ?

Je lève les yeux au ciel.

— Des affaires personnelles. Et on ne restera pas longtemps. On a quelques questions avant d'attaquer la partie amusante de notre travail.

— Ne me dites rien. Déni plausible.

Elle nous escorte jusqu'à son bureau et s'assied derrière le meuble en bois, le menton sur les mains.

— Donc ?

Je lui tends la liste de noms.

— Voici quatre personnes qui sont très certainement des Crocs, ou au moins des sirens. Delaney en est un, mais je m'occuperai de son cas plus tard. D'abord, je veux me débarrasser de ses soutiens. Vous reconnaissez certains noms ?

— Daniel Mason, marmonne-t-elle en lisant le premier.

Ce sont les mêmes initiales que sur la lettre trouvée par Benjamin, mais bien sûr, je ne peux pas affirmer qu'il s'agit de la même personne. Il doit y avoir des centaines de D.M. à Attenburgh.

— Il est conseiller municipal. Plutôt jeune. Je me suis toujours étonnée qu'il atteigne un poste aussi élevé aussi vite. Des points de vue très conservateurs, surtout pour un homme si jeune. À notre première rencontre, j'ai cru qu'il serait de mon côté, mais c'est l'inverse.

Elle passe en revue les autres noms et secoue la tête.

— Les autres ne me disent rien. Le dernier m'est vaguement familier, mais je rencontre beaucoup de gens et entends beaucoup de noms. Désolée de ne pas pouvoir vous aider.

— Pas de souci. Vous avez d'autres infos concernant les meurtres ? lui demandé-je.

Elle hausse ses sourcils parfaitement épilés. Je ne sais pas pourquoi je me concentre dessus à chacune de nos rencontres. Qu'est-ce qu'ils ont de si spécial ? Peut-être que je devrais tailler les miens de la même façon. C'est peut-être ce que mon subconscient cherche à me dire. Ça expliquerait certainement la fébrilité que j'ai éprouvée toute ma vie. Oui, c'est ça. Si seulement les choses étaient aussi simples.

— Ça devrait être à moi de vous poser cette question. Après tout, je vous ai engagée pour enquêter dessus, non ?

— Je voulais savoir s'il y en avait eu d'autres.

— Non, pas à ma connaissance. Et j'ai reporté notre visite à la morgue à après le congrès. Cela me semblait moins prioritaire, après ce que vous m'avez dit ce matin. Mais ne vous y trompez pas, je veux toujours traduire le coupable en justice.

— Vous ferez peut-être d'une pierre deux coups. S'ils sont été tués par les Crocs, ou au nom des Crocs du moins, le ou les tueurs pourraient être impliqués dans leur projet de distribution de colliers. Je ne sais toujours pas pourquoi ils n'ont pas davantage caché leur crime ni pourquoi ils ont exposé leur insigne si fièrement, mais il doit y avoir une raison.

— Et si c'était un avertissement ? suggère Gryphon. Par quelqu'un n'appartenant pas aux Crocs ? Tu as vérifié si les personnes tuées étaient des sirens ?

— Aucune idée. Je ne fonctionne jamais dans ce sens-là. En général, je découvre d'abord si mes cibles sont des sirens, avant de les tuer.

Lady Lara lève les yeux au ciel.

— S'il vous plaît, ne parlez pas de choses désagréables. Le déni…

— Plausible, complété-je. On sait. Partons du principe qu'ils n'étaient pas humains. Pourquoi laisser une pièce des Crocs sur les corps ? Ça n'a pas de sens, à moins que…

— À moins que quoi ? répète sèchement Lady Lara.

— À moins que ce ne soient des Crocs et que quelqu'un les ait tués. Ce qui signifie que quelqu'un s'est lancé dans la même vendetta que nous. Mais ce n'est qu'une théorie. Une qui me plaît beaucoup trop, donc elle est sans doute fausse.

— Et ils ont laissé les corps près d'ici pour attirer l'attention de la maire, commente Ryker, méditatif. Même si vous n'aviez pas connaissance des Crocs, Lady Lara, vous auriez fini par enquêter. Cinq corps avec une mystérieuse pièce, même le plus stupide des humains se poserait des questions.

— Six, rectifie-t-elle. Six personnes décédées. Ce n'étaient pas des gens importants, donc je doute qu'ils aient été au sommet de la hiérarchie des Crocs, s'ils étaient effectivement des sirens. Est-ce que quelqu'un souhaitant éradiquer l'organisation ne s'en prendrait pas plutôt au sommet ?

— Moi, si, approuvé-je. Mais il ou elle manque peut-être d'assurance. À moins que ce ne soit leur manière de demander des renforts. Je ne sais pas. Laissons ça pour demain, on va plutôt se concentrer sur les sirens présents sur ma liste. Ce sont des cibles plus concrètes.

Lady Lara se lève, indiquant que la réunion est terminée.

— Bonne chance. Je vais reprogrammer à demain ce rendez-vous à la morgue. Si ce n'est pas l'œuvre des Crocs, je voudrais en apprendre plus avant le congrès.

J'acquiesce.

— Par pitié, ne dites pas 10 heures du matin.

— 10 heures du matin, réplique-t-elle avec un sourire narquois. Pas une minute plus tard. Le médecin légiste déteste les gens en retard.

— Pffff. Il peut…

— Elle. Et c'est une femme adorable. Maintenant, partez, vous avez du travail.

J'aime sa façon de ne pas dire « vous avez des gens à tuer ». Non, elle est si diplomate et politiquement correcte. Je me demande si elle a appris ou si elle est née avec ce don.

— On vous tiendra au courant.

— Bien, mais passez plutôt un coup de fil. Plus de visites nocturnes, je vous prie.

Je souris.

— Je ne peux rien vous promettre.

CHAPITRE 15

*N*ous nous séparons dès que nous sortons de la mairie. Nous avons chacun une cible et une heure pour l'atteindre.

— Prêts ? demandé-je à chacun de mes hommes.

Ils transportent de nombreuses armes, invisibles aux yeux d'un passant ordinaire. Nous nous fondons dans la foule, même Ryker, qui porte des lunettes de soleil. Heureusement qu'il fait beau, aujourd'hui.

— Vérifiez vos montres. Nous devons frapper en même temps.

Elles correspondent, je m'en suis déjà assuré quand nous avons quitté la maison, mais c'est toujours mieux de confirmer une nouvelle fois. Nous ne voulons pas que nos cibles avertissent les autres. Nous ignorons si elles sont en contact les unes avec les autres. Nous ne savons même pas si ce sont toutes des sirens. Nous avançons à l'aveugle, et je déteste ça, mais c'est toujours mieux que d'attendre. Pour une fois, nous pouvons passer à l'offensive.

— Je vous ai assigné un chat à chacun, nous rappelle Ryker. Lennox, Gryphon, si vous avez besoin d'aide, caressez-leur la tête.

Si vous ne pouvez pas tuer votre cible pour n'importe quelle raison, touchez-leur la queue.

— Et si on a juste envie de les câliner ? demande Gryphon, pince-sans-rire.

— Évitez leur ventre, ils n'aiment pas ça.

Je lève la main.

— Moi, si. Vous pouvez me caresser le mien quand vous voulez.

Une faim indiscutable s'affiche sur le visage de Ryker.

— Plus tard, dit-il d'une voix rauque. Plus tard.

La chaleur m'envahit. Vivement qu'il tienne sa promesse. Mais d'abord, nous avons quelques sirens à tuer.

Un petit chat tigré arrive sur la place et miaule bruyamment en nous voyant. Il se frotte contre les jambes de Ryker, sa queue arrivant à peine aux genoux de mon compagnon.

— Qu'est-ce qu'elle dit ? demande Gryphon.

— Il, soupiré-je. Sérieux, c'est évident, non ?

— Pas pour moi. C'est juste un chat. Ce n'est pas comme s'il montrait son matos à tout le monde.

— Gryphon, les paroles salaces concernant mes protégés sont interdites, grogne Ryker. Il vient de discuter avec les chats qui attendent aux quatre adresses. Nous avons de la chance, il y a des gens aux quatre endroits. Bien sûr, nous ne savons pas si ce sont nos cibles, mais c'est prometteur.

Je me penche pour caresser le petit chat entre les oreilles. Il ronronne un remerciement, puis repart. Je me redresse en m'assurant que mes couteaux se trouvent toujours là où ils sont censés être et souris à mes hommes.

— Partons à la chasse.

⁂

Il me faut presque une demi-heure pour atteindre la maison. Elle est si éloignée du centre-ville que ce n'est presque plus

Attenburgh, à mes yeux. Et ce n'est pas une maison, c'est une villa. Elle pourrait facilement passer pour un hôtel, avec ses dizaines de chambres et son imposant jardin. Une allée de bouleaux mène à l'entrée principale. Pas encore un boulevard, mais un jour, peut-être. Ce n'est cependant pas la voie que j'emprunte, bien sûr. Je reste dans l'ombre, et remercie tous les buissons et les arbres qui ceignent la demeure. Je ne vois aucune trace des chats de Ryker, mais je suis sûre qu'ils me trouveront s'ils ont quelque chose d'important à rapporter.

Je déniche un grand buisson derrière lequel me cacher, un des rares à ne pas posséder d'épines, et ferme les yeux pour étendre mes sens.

Treize personne. Merde. La plupart dans la même pièce, au rez-de-chaussée. Voilà qui va me compliquer la tâche. Je ne peux pas attendre la nuit, le temps qu'elles se dispersent pour aller se coucher. Non, il me reste moins d'une demi-heure pour atteindre ma cible sans être vue. Et pour m'assurer une porte de sortie. Si j'étais plus négligente autrefois sur cet aspect, maintenant que j'ai une famille, je dois me montrer plus prudente. Il faut que je sois de retour à l'heure pour nourrir les bébés. Je n'ai pas le temps de me cacher et d'attendre.

Je reste à mon poste d'observation jusqu'à avoir réuni assez d'informations sensorielles. Trois personnes se tiennent à l'écart du groupe principal. Deux sentent la nourriture, même d'aussi loin, donc je présume qu'il s'agit de cuisiniers ou serviteurs. La troisième est seule de son côté. J'espère tellement qu'il s'agit de ma cible. C'est une femme, donc ça collerait, mais je ne pense pas avoir autant de chance. Le seul moyen de le découvrir, c'est de pénétrer dans la maison.

Ma cible s'appelle Rosalind Tailor. J'ignore qui elle est, mais elle doit être riche. Lord MacFay connaissait son adresse par cœur, ce qui en dit long sur la fortune et le statut de cette dame. J'aurais aimé avoir plus de temps pour demander des détails à mon invité. Nous étions pressés, cependant. Peut-être que c'est la maison et la famille de ma cible. Dans un cas comme dans l'autre, il faut qu'elle meure dans vingt minutes.

Je cours le plus vite possible sur la pelouse en direction des portes blanches de la terrasse. Elles sont déverrouillées, alors je me glisse discrètement dans la maison. Cette partie-là était facile. La petite troupe se trouve à l'autre bout de la demeure, mais une personne se dirige vers moi. J'inspire profondément. Un humain. Mâle. Pas l'un de ceux qui sentaient la nourriture. Peut-être qu'il cherche les toilettes.

Je choisis au hasard une pièce sur ma droite et y entre juste avant que l'homme n'arrive. La porte grince un peu, mais rien d'audible pour un non-métamorphe, pas à cette distance.

Il s'agit d'un placard à balais. Charmant. Enfin, en plus grand, puisqu'il mesure la taille de ma chambre, même s'ils ne l'utilisent que pour stocker du matériel de nettoyage. Quel gâchis d'espace. Ça sent la poussière et la javel, par ici. Je ne pense pas y trouver des choses intéressantes.

J'écoute en silence les pas de l'homme. Il continue dans le couloir et s'arrête juste devant ma porte. Il a beau être humain, pourquoi ai-je le sentiment qu'il sait que je suis là ? J'ai pourtant échappé aux caméras extérieures et je n'en ai repéré aucune dans le corridor.

L'homme s'arrête un instant, et je me tiens prête à attaquer si nécessaire. Toutefois, il ouvre les portes de la terrasse et quitte la maison. Pfiou. Non pas que le tuer m'aurait dérangée, mais j'ai d'autres priorités. Une fois ma cible morte, je pourrai me charger des autres. Je ne bouge pas tandis qu'il s'éloigne du bâtiment et s'enfonce dans les jardins. Peut-être qu'il veut fumer une clope ou a besoin de prendre l'air. Peu importe, pour l'instant, je peux continuer.

À mi-chemin dans le couloir, je m'immobilise et prends une grande inspiration. Je suis désormais suffisamment près pour distinguer les sirens des autres. C'est mon jour de chance. Neuf sirens dans la pièce. Bingo. Je vais bien m'amuser. Hélas, ça complique aussi ma tâche pour déterminer qui d'entre eux est ma cible. La femme à l'étage au-dessus sent l'humaine, donc je doute que ce soit elle. Malgré tout, je vais commencer par elle. Même si j'aime l'idée de défier une pièce remplie de personnes, j'ai encore du temps avant de frapper. Je regarde ma montre. Douze minutes.

Une moquette recouvre l'escalier, comme chez Delaney. Ça doit être un truc tendance chez les bourges. Ça m'aide à ne pas faire de bruit, mais je ne compte pas imiter cette mode chez moi de sitôt. C'est un tel gâchis de matière. J'imagine que c'est le but de la manœuvre. Ces gens sont d'une richesse insolente et veulent que tout le monde le sache.

Le premier étage est très différent du rez-de-chaussée. Au lieu d'un couloir sombre agrémenté de nombreuses pièces de chaque côté, ce niveau dispose d'un large espace autour de l'escalier rempli de statues et de vitrines, un peu comme un musée, sauf que nous sommes dans une maison et non un bâtiment public. Seules deux portes sont en vue. La femme se trouve sur la gauche, mais je ne résiste pas au plaisir d'admirer les œuvres exposées. C'est la première fois que je vois ça en tant d'années d'effraction. Oui, j'ai déjà croisé des peintures chères et des statues de temps à autre, mais rien de cette ampleur. Il doit bien y avoir trente vitrines, réparties dans un espace plus vaste que ma maison tout entière. C'est dément.

La vitrine la plus proche ne contient qu'une mèche bouclée châtain foncé. *Le loup de Horton*. Un loup métamorphe ? Le verre est trop épais pour que je perçoive la moindre odeur. Dans tous les cas, c'est bizarre. Pourquoi exposer des cheveux, comme ça ? Enfin, voyons. Une queue, pourquoi pas, ou une patte. Ou même un tas de fourrure, mais pas juste une mèche de cheveux.

La vitrine d'à côté est encore plus intéressante. Une coupe en bronze contient un liquide bleu clair. Cela me fait penser à du poison, mais, une nouvelle fois, je ne peux rien sentir. Le petit panneau en cuivre en dessous est un peu rouillé, cependant, j'arrive à distinguer les mots écrits. *Le poison qui a tué Duke Fortingham. Les Lèvres de la Fée.*

Je ne le connais pas, celui-ci. Je vais devoir faire quelques recherches, il a l'air sympa. Jamais entendu non plus parler de Duke Fortingham. Repose en paix, qui que tu sois. Cela dit, c'est assez étrange d'exposer le poison qui a tué un noble. Les vitrines suivantes sont tout aussi bizarres. Les griffes d'un loup métamorphe, un morceau de tissu usé ayant autrefois appartenu à un chef de culte, et une pipe en bois comportant l'inscription « Pipe de Hameln, père des sirens ». C'est la vitrine la plus propre, donc la plus bichonnée.

Enfin quelque chose. Le père des sirens. Il va falloir que j'interroge Gryphon à ce sujet. Cela prouve de manière irréfutable que les personnes vivant ici appartiennent à son espèce.

Je consulte ma montre. Je ferais mieux de me dépêcher. J'ignore les autres vitrines – je pourrais toujours les regarder une fois que tout le monde sera mort – et m'approche en silence de la pièce dans laquelle l'humaine m'attend. Je n'avance pas sur la pointe des pieds, au risque d'être déséquilibrée. Il n'y a que dans les livres que les gens font ça. Les vrais assassins marchent sur la plante des pieds pour rester stables.

Maintenant que je suis plus proche d'elle, j'entends un stylo gratter contre le papier. Elle écrit, ce qui indique qu'elle est distraite. Je vais devoir agir vite pour l'empêcher de crier, mais si mes sens ne me trompent pas, elle est assise près de la porte.

J'inspire profondément et me concentre, repoussant toutes les pensées distrayantes. Il est l'heure d'être l'assassin que j'ai été formée à être.

La femme n'a aucune chance. Je me glisse derrière elle en un mouvement fluide et pose une main sur sa bouche et une lame sur son cou l'instant d'après. Elle a à peine la trentaine et les cheveux relevés de telle sorte qu'on dirait qu'elle a posé un cône de signalisation sur sa tête. Elle porte également d'épaisses lunettes qui ne sont que pour la galerie, d'après moi. Elle est assise devant un bureau rempli de papiers et de livres. C'est peut-être une secrétaire ou une assistante personnelle. La pièce est immense et dispose de grandes fenêtres magnifiques donnant sur le jardin. Je me verrais bien effectuer mon travail administratif depuis ici. Je m'y sentirais bien moins claustrophobe que dans mon petit bureau.

— Chuuut, n'essayez pas de crier ou je vous coupe la gorge, l'avertis-je à mi-voix. Je vais retirer ma main pour vous poser quelques questions. Au moindre bruit, vous êtes morte, compris ?

Elle hoche la tête autant que la lame contre sa peau le lui permet.

— Bien. Ne me le faites pas regretter.

Je le dis pour la forme. Je ne regretterais pas d'avoir à la tuer. Elle exsude l'arrogance et le pognon. Le bracelet en or à son poignet doit valoir bien plus que ce que certaines personnes gagnent en une année. Son parfum de luxe me picote le nez. Et pourquoi porte-t-elle du maquillage alors que son visage est déjà plutôt beau ? Je suis à moitié tentée de trouver un gant de toilette et de tout nettoyer pour savoir à quoi elle ressemble en dessous.

J'écarte lentement ma main de ses lèvres. Beurk, maintenant, j'ai du rouge à lèvres plein la paume. J'aurais préféré du sang.

— Comment vous appelez-vous ? Vous travaillez ou vous vivez ici ? murmuré-je dans l'espoir qu'elle saisisse l'allusion et réponde à voix basse.

Je détesterais devoir la tuer *avant* d'avoir toutes les réponses à mes questions.

— Maryam. Et j'habite ici. C'est la maison de mes parents.

— Rosalind Taylor est votre mère ?

Elle opine, sidérée, et les larmes lui montent aux yeux. Pathétique.

— Mais… attendez, vous avez été adoptée ?

— Comment le savez-vous ? Personne n'est au courant, souffle-t-elle.

Je n'aurais pas cru que ses yeux puissent s'écarquiller encore plus.

— Vous n'êtes pas une siren, contrairement à eux, je me trompe ?

Elle fait la moue comme si elle hésitait à répondre. Ah, c'est le moment où ma victime décide de jouer les courageuses. Je tourne le couteau dans ma main, veillant à ce que la lumière capte la lame parfaitement aiguisée.

— Dites-moi, ou bien vous me servirez d'exemple.

— Oui, sanglote-t-elle, laissant désormais libre cours à ses larmes. Ma mère est une siren, mais pas mon père. Comment connaissez-vous l'existence des sirens ?

— Ils appartiennent aux Crocs ?

OK, maintenant, ses yeux vont lui sortir des orbites, si elle continue. Quelle imbécile. Elle aurait dû comprendre, depuis le temps, que j'en sais plus que la plupart des gens.

— Vous êtes venue les tuer ? murmure-t-elle entre deux sanglots.

— Tuer qui ?

— Les Crocs ! Ils sont en bas avec maman. Ils négocient. Elle m'a envoyée à l'étage, parce qu'elle n'aime pas que je me rapproche trop…

— Attendez, elle n'est pas membre des Crocs ? Mais elle fait affaire avec eux ?

— Non, pas volontairement. Ils l'obligent à travailler pour eux, mais elle n'en a pas envie. Maman n'est pas comme les autres sirens, vous devez me croire.

Je déteste quand ils emploient cette formule. Je n'ai besoin de croire personne. Je me fais ma propre opinion toute seule, merci bien.

— Toutes les personnes en bas font partie des Crocs ?

— Toutes sauf mes parents, oui. Ils se déplacent toujours en groupe. Je crois qu'ils n'ont pas trop confiance en nous. Maman essaie généralement de nous tenir à l'écart d'eux, papa et moi. Ils ne comprennent pas qu'elle ait pu épouser un humain.

Mon esprit tourne à plein régime. Les choses prennent une tournure très inattendue. Je devrais peut-être attendre avant de tuer Rosalind. Si elle ne travaille pas de son plein gré pour les Crocs, et si elle est pro-humains, alors nous pouvons nous servir d'elle.

Je regarde ma montre. Cinq minutes. Je dois prendre une décision.

— À quoi ressemble votre mère ?

— Vous comptez la tuer ?

— Non, j'ai besoin de le savoir pour ne *pas* la tuer, justement.

Je soupire.

— Et dépêchez-vous.

— Des cheveux gris avec quelques mèches noires. Elle porte une robe verte et un collier de diamants. Elle utilise en général un sac à main en peau de crocodile, de la couleur de sa robe. Et elle porte des lunettes, semblables aux miennes. Mon papa…

— Votre père est dehors, dans le jardin. Il n'est pas avec les autres.

Je présume que c'était lui. C'était le seul mâle humain qui ne sentait pas la nourriture, donc ça doit être son père, à moins qu'il n'ait préparé le repas du jour. Espérons qu'il restera dehors jusqu'à ce que j'aie fini.

J'attache la fille à sa chaise avec du scotch que j'ai trouvé sur son bureau. Elle couine quand j'en plaque un morceau sur sa bouche.

— Silence, sifflé-je. Évitez d'alerter les autres.

— Hhhmrppphhhfff.

Je soupire et écarte juste un peu le ruban adhésif pour qu'elle puisse s'exprimer.

— Mais ce sont des sirens ! Ils vous obligeront à faire ce qu'ils veulent. Vous n'avez aucune chance.

Je lui décoche un grand sourire en lui recollant les lèvres.

— Tu ne sais pas ce que tu dis, ma belle. Attends de voir.

CHAPITRE 16

Je déteste cette technologie anti-siren. Elle me donne des maux de tête. Je ne sais pas trop comment elle fonctionne exactement, mais ça ressemble à des ondes acoustiques qui perturbent l'aptitude des sirens à influencer les autres. À savoir moi, en l'occurrence. Rien que pour ça, ça vaut la peine de supporter la douleur, même si je compte bien éteindre l'appareil dès que j'aurai terminé. Le petit boîtier est attaché à ma ceinture. Je le place dans mon dos pour qu'il ne soit pas en travers de mon chemin. Si ces sirens savaient ce que c'est, ils pourraient essayer de le détruire. Cela dit, cette technologie portative est assez récente, donc je ne pense pas qu'ils la reconnaîtront. Je l'aurais laissée à l'extérieur de la pièce, si j'en connaissais la portée. Il faudra que je pose la question à Benjamin la prochaine fois que je le verrai.

Plus qu'une minute. La porte de la salle à manger étant ouverte, je suis plaquée au mur, hors de vue, mais prête à passer à l'attaque. Je sors des aiguilles empoisonnées de mon col. Elles m'aideront à gérer neuf personnes en même temps. Je présume que la maîtresse de maison va s'en prendre à moi, puisqu'elle ignore que je ne lui veux aucun mal… pour l'instant.

Je compte les secondes, en ignorant le bavardage de l'autre côté du mur. Dans trois autres lieux de la ville, mes hommes feront de même. J'inhale la puanteur siren qui dérive de la pièce. Les tuer va être très satisfaisant, surtout maintenant que je sais que ce sont tous des Crocs. Je repense à leurs méfaits, dans ma ville de naissance. Empoisonner des enfants. Aucune hésitation en moi : ils vont mourir. Je n'aurai aucune pitié.

Les deux humains se sont éloignés de cette pièce, sans doute pour rejoindre la cuisine. J'espère qu'ils y resteront, je ne veux pas qu'ils se retrouvent au milieu de la mêlée. Il y a neuf sirens dans la pièce.

Vingt secondes. J'ai quatre aiguilles dans les mains, mais je ne pourrai sans doute en envoyer que deux ou trois avant qu'ils comprennent ce qu'il se passe. Je ne me suis pas beaucoup entraînée, ces derniers temps. Malgré tout, cela signifiera quand même trois personnes inconscientes, donc juste six à combattre en même temps. Si ce sont des sirens normaux, ils n'ont aucune compétence dans ce domaine. Ça ne devrait pas être trop dur, même si je suis en infériorité numérique.

Cinq. Quatre. Trois. Deux. Un. Mort.

J'entre dans la pièce et lance mes aiguilles. La première atteint un vieil homme dans le cou. Il lève la main, dans une tentative peu convaincante de déloger le poison, mais il s'écroule avant d'avoir pu l'attraper. La deuxième atteint une femme à la joue. J'espère qu'elle a reçu une dose suffisante. La troisième se fiche dans la gorge d'un homme imposant. Bien. Je n'ai pas eu le temps de choisir sur qui je tirais, sinon, j'aurais opté pour les trois personnes les plus fortes de la pièce. J'ai agi par pur instinct en lançant les aiguilles dans les cibles me paraissant le mieux convenir. Le temps que j'envoie la quatrième à un homme grand et mince portant un chapeau haut de forme, les sirens ont compris ce qu'il se passait. Une femme très corpulente pousse l'homme sur le côté, mais il reçoit tout de même mon aiguille dans la poitrine. Sa chemise en soie fine ne lui est d'aucune utilité. Le poison pénètre son système sanguin comme je l'avais prévu et, l'instant d'après, il s'affale par terre. La femme en surpoids crie et me fusille du regard. Elle ouvre la bouche, sans doute pour démarrer son chant, mais je l'ignore. Elle ne constitue pas la plus grande menace de cette pièce, puisque j'ai mon appareil anti-siren pour me protéger de son enchantement.

Deux hommes se précipitent vers moi, assez costauds pour posséder sans doute des compétences au corps à corps. Je ne me laisse pas le temps de le découvrir. Je dégaine l'un de mes poignards les plus légers et le lance sur l'homme à ma gauche. Il s'enfonce dans sa gorge, et l'homme trébuche, les mains serrées autour de la blessure sanglante. L'autre se jette alors sur moi, et j'ai tout juste le temps d'empoigner une lame plus grosse. Il tente de me donner un coup de pied, que j'esquive sans peine, car il n'est pas entraîné. Je lui saisis la cheville et la tourne, le déséquilibrant. Il chancelle, tombe, et je bondis sur sa poitrine pour lui trancher la gorge avant qu'il n'ait le temps de crier.

Trois femmes chantent désormais au fond de la pièce, notamment Rosalind Taylor, qui se tient aux côtés des sirens Crocs. J'imagine qu'elle ignore que je ne suis pas là pour la tuer. Sans doute. Je peux encore changer d'avis.

D'étranges picotements me parcourent le dos, mais l'appareil à ma ceinture semble efficace. Je laisse les femmes et leurs visages tordus par l'effort et me concentre sur les cibles restantes. J'ai presque terminé. C'était bien trop facile. Où est le défi ?

Je me tourne vers une femme qui agite une chaise comme un bouclier. C'est celle que l'aiguille a tout juste effleurée à la joue. Elle est sérieuse ? Elle me lance son arme de fortune, mais je roule sur la droite et la chaise atterrit sur un cadavre. Ce n'est pas une façon de traiter ses morts, voyons. Je me jette sur elle. Cependant, juste avant que je ne lui transperce la peau, un son aigu me donne envie de me couvrir les oreilles. Seules des années d'entraînement me permettent de lutter contre cet instinct. Je plaque le couteau sous la gorge de la femme, l'immobilisant, puis me tourne en direction du son horrible. Il provient de l'une des trois chanteuses, qui souffle dans un sifflet en argent. Elle pense que ça va m'empêcher de la tuer ?

Un bruit au loin me fige sur place. Des feuilles qui bruissent, des pattes lourdes sur le sol. Elle a appelé des renforts. Merde.

Sans un regard pour la siren que je tiens, je lui tranche la gorge, puis lance le couteau ensanglanté sur la femme au sifflet. Il s'enfonce dans son œil gauche, pile comme je le voulais, transperçant son orbite et pénétrant son crâne. Elle me fixe de son œil indemne puis, lentement, comme au ralenti, s'affale sur une table, entraînant la nappe dans sa chute, et, avec elle, les assiettes et les verres. Je me délecte du bruit de porcelaine qui éclate. Ça me rappelle en quoi tout ça est amusant et pas juste un boulot.

Les deux dernières femmes ont beau être effrayées, cela ne les empêche pas de continuer à chanter. Rosalind en particulier semble déterminée à me soumettre à sa magie de siren. La pression s'accroît au niveau de ma colonne vertébrale. Je ne sais pas combien de temps va tenir l'appareil. Et de nouveaux ennemis arrivent. Ils seront là dans quelques secondes. L'heure est venue de m'occuper de ces femmes. Je bondis, ignorant les corps à mes pieds, et me jette sur celle à gauche de Rosalind. Elle est jeune, environ mon âge, mais ses yeux sont froids et ses lèvres plissées de dégoût. Parfois, j'hésite à tuer des gens de mon âge, mais pas aujourd'hui. Je lui tranche la gorge. Toutefois, avant que je ne puisse enfoncer suffisamment la lame, quelque chose s'agrippe à mon poignet. Je baisse les yeux, m'attendant à voir une main, mais il n'y a rien. Fichus sirens.

Rosalind continue à chanter, sur un ton plus confiant cette fois-ci, presque triomphant, et je comprends que c'est son œuvre. Elle a franchi mes défenses sans que je m'en rende compte. Comment y parvient-elle ? Elles n'y arrivaient pas quand elles étaient trois, mais elle réussit à elle seule ? Je tends le doigt vers le boîtier anti-siren à ma ceinture, et l'écarte vite quand quelque chose de pointu le coupe. Merde. L'appareil est endommagé. Ceci explique cela.

L'autre femme s'agite sous moi, tentant de me déloger. Elle oublie que je suis bien plus forte, même avec un bras qui ne m'obéit pas. Heureusement, je ne suis pas encore sous le contrôle total de Rosalind et je peux bouger librement l'autre. Je dégaine un deuxième couteau et l'enfonce dans le cœur de la siren. Ce n'est pas aussi satisfaisant que de trancher une gorge, parce que comme tout assassin qui se respecte j'aime voir jaillir le sang, mais entendre le craquement de ses côtes pour atteindre mon but est agréable aussi.

Il ne reste plus que Rosalind. Et au moins cinq mutants métamorphes qui sont presque là.

— Je ne suis pas là pour vous tuer ! crié-je. Arrêtez ça ! Je ne suis là que pour les Crocs.

Elle hausse les sourcils, sans cesser de chanter pour autant. Fichue bonne femme. Je n'ai pas le temps pour ça.

Des pas résonnent derrière moi et un homme déboule dans la pièce, un couteau à steak dans la main. Un des humains.

Argh. Je ne veux pas le tuer, lui non plus. Ce n'est qu'un innocent cuisinier.

Par chance – enfin, en quelque sorte –, c'est le moment que choisit le premier loup pour fracasser une fenêtre. Des bris de verre pleuvent sur le sol, mais je me concentre sur le mutant. Il ressemble à peine à un loup. Son museau est trop large et sa gueule contient bien plus de crocs luisants qu'un animal ne devrait en posséder. Ses pattes avant sont plus longues que ses pattes arrière, mais toutes disposent de griffes acérées qui peuvent sans doute transpercer la chair comme une lame en diamant. Et il n'est pas seul. Un deuxième bondit par la même fenêtre, et trois autres attendent à l'extérieur. Merde.

Seul point positif : Rosalind arrête de chanter et l'humain fuit en criant comme un cochon qu'on égorge.

Il est temps de demander des renforts. Je siffle violemment

pour alerter les chats du coin. Il devrait y en avoir au moins un à Ryker, dans le lot. Puis je me métamorphose, plus vite que jamais, juste à temps. Le loup mutant a beau saigner de plusieurs écorchures, cela ne semble pas le déranger le moins du monde. Il grogne et se jette sur moi.

J'abandonne toute pensée et me soumets à mon instinct. Je contre ses attaques, bloque ses griffes, parviens même à le mordre une ou deux fois, mais il est plus gros que moi et n'est pas seul. Les autres loups m'encerclent, me mordent les pattes, tentent de rejoindre la mêlée. Le loup que je combats semble les retenir, d'une certaine façon, comme s'il voulait se charger seul de moi. Ça me va.

Je feinte sur la gauche, le poussant à exposer son flanc droit. Mes griffes transpercent sa peau, sa chair, mais il se tortille, et une douleur incandescente s'empare de ma patte arrière gauche, là où ses mâchoires se sont refermées dessus. Il secoue la tête de droite à gauche et me déséquilibre. Je gémis de douleur et arrête d'attaquer son flanc droit. Je tente plutôt de le déloger, à coup de griffes, en mordant tout ce que je peux atteindre, mais il est plus fort que moi. Merde. Je souffre, ce qui me fait perdre le contrôle. Se battre sans but ne sert à rien.

Je dois devenir plus fort. J'y suis déjà parvenue par le passé. J'ai puisé dans une force que j'ignorais posséder. Je dois recommencer. Mais comment ?

Une nouvelle douleur me transperce, au niveau de la queue cette fois-ci. Je pivote juste à temps pour voir que l'un des autres loups en a arraché un bout. Ça me paraît irréel. Pas la douleur, non, certainement pas. Cependant, je ne comprends pas comment un morceau de ma queue peut se trouver dans sa bouche et non plus attaché à mon corps.

Le sang jaillit de la blessure.

Il m'a mordu la queue.

Je sombre dans la folie.

Trois loups gisent morts sur le sol lorsque les renforts arrivent. Je peine à garder conscience. Malgré ma vision floue, je parviens à distinguer Lennox, qui s'envole pour atterrir sur l'un des mutants restants.

J'ai confiance en lui, il peut gérer les deux. Ils sont blessés, même si je ne sais plus trop dans quelle mesure. Je suis couverte de sang, autant le leur que le mien. L'odeur a beau être alléchante, je suis trop épuisée pour me laver la fourrure. Je m'affale au sol, me roule en boule et tente de rester éveillée. J'aimerais aider Lennox, vraiment, mais j'en suis incapable. Je suis à bout de force et je saigne, autant de la queue que d'autres blessures. J'ai une grosse balafre au ventre, là où un des mutants me l'a transpercé.

Le temps s'écoule. Le sang aussi. Je guéris lentement, mais pas partout.

— À quoi est-ce que tu pensais, à vouloir t'occuper de cinq mutants à toi toute seule ?

Lennox s'est retransformé en humain et agenouillé à mes côtés. Je ne l'ai même pas senti s'approcher. Je suis vraiment dans un sale état. Et moi qui pensais pouvoir gérer tout ça toute seule. C'était le cas, d'ailleurs, avant que les mutants n'arrivent. Ils étaient plus gros et plus vicieux que ceux de la forêt. Ces derniers étaient des proies faciles. Ceux d'aujourd'hui, pas tellement.

Je miaule tout bas pour répondre à la question de Lennox.

— Tu peux te transformer ?

Je me déplie lentement et regarde ma queue. Il en manque un tiers. Est-ce qu'elle va repousser ? Difficile à dire, puisque je n'ai jamais perdu de morceau de mon corps jusqu'à présent.

— Merde, souffle Lennox. Il t'a arraché la queue.

Je lève les yeux au ciel comme pour répondre « Sans déconner ? Je n'avais pas vu ! ».

— Évite peut-être de te métamorphoser, au risque qu'il manque des bouts ensuite.

Je n'y avais pas pensé. Je n'ai évidemment pas de queue sous forme humaine, alors, ça veut dire qu'autre chose sera coupé ? Des doigts ? Une oreille ? Mes seins ? Merde, à cause de Lennox, je flippe un peu. Ou plus qu'un peu, même si je refuse de l'admettre.

— Ma cible ne m'a pris que quelques secondes, poursuit-il. Il a avalé une pilule empoisonnée avant que je ne puisse l'interroger. Je l'ai laissé chez lui et j'ai décidé de te rejoindre, puisque tu étais la plus proche. Je suis content de l'avoir fait. Quand le chat est venu me chercher, j'ai craint le pire.

Un petit miaulement retentit derrière moi. Je perçois à peine l'animal, tout est étouffé, comme si quelqu'un m'avait recouverte d'une couverture épaisse. J'ai envie de dormir, mais c'est une mauvaise idée, je le sais. J'ai des choses à faire. Je dois questionner Rosalind. Où est la siren, d'ailleurs ? Elle est morte ?

Je lève la tête et grogne sous l'effort. Bon sang, ça fait mal.

— Reste tranquille tant que tu n'es pas guérie, lance Lennox sur le ton de l'avertissement, mais je l'ignore.

Je me tourne vers l'endroit où j'ai vu Rosalind pour la dernière fois, contre le mur. Elle n'y est plus. Évidemment. Ça aurait été trop simple.

— Chat, trouve la siren et sa fille humaine, ordonné-je au chaton derrière moi.

Je n'arrive pas à la sentir, donc j'ignore qui c'est.

— Elles ont dû quitter la maison.

Le chat miaule et file.

— Tu veux que je la suive ? demande Lennox.

J'opine et repose la tête sur le sol. Je suis tellement épuisée.

Peut-être qu'une sieste n'est pas une si mauvaise idée que ça, en fin de compte.

L'obscurité m'envahit, et je l'accueille, oubliant toutes mes inquiétudes concernant les bouts de queue manquant à l'appel et les sirens manquant à l'appel.

CHAPITRE 17

Mes seins sont toujours là. Mes oreilles et mes doigts aussi. Je passe les mains sur mon corps, cherchant de haut en bas les éventuels bouts manquants.

— Tout est là, annoncé-je aux garçons.

— Que la lune soit louée, s'exclame Lennox en soupirant de soulagement. On verra à ta prochaine transformation si ta queue a repoussé.

Nous sommes dans le salon des Tailor. Lennox et Gryphon ont poussé les corps dans un coin, mais n'ont rien pu faire pour la moquette imbibée de sang. Ryker et ses chats ont retrouvé les propriétaires des lieux, tous les trois, et nous les ont ramenés. La fille, dont j'ai oublié le prénom, reste calme, à ma grande surprise. Elle a des traces rouges autour de la bouche, à l'endroit où s'est trouvé le ruban adhésif.

L'homme humain, son père, est assis sur une chaise, le teint très pâle. Sa femme se tient derrière lui, les mains sur ses épaules, autant pour rester droite que pour le rassurer. Elle est couverte de sang, tout comme les gars et moi. Nous aurons tous besoin d'une bonne douche avant de quitter cette maison, sinon, nous allons créer une émeute, dehors.

Gryphon me tend un verre d'eau.

— Bois. Tu as perdu beaucoup de sang.

— Je vais bien.

— Tu es pâle comme la mort. Bois. Je suis ton médecin, tu as intérêt à m'obéir.

Je grimace, mais vide le verre, respectant la consigne. C'est agréable de rincer le goût métallique dans ma bouche. Même si j'aime parfois lécher celui de mes ennemis, pour l'heure, je dois me concentrer sur le plus important.

— Pourquoi as-tu laissé ta cible en vie ? me demande Ryker en s'asseyant par terre à côté de moi.

Il me caresse les cheveux, et je me retiens de ronronner. Ça ne serait pas terrible devant nos prisonniers. J'imagine qu'ils sont nos prisonniers, oui, tant que nous n'en saurons pas plus.

— Parce qu'elle ne travaille peut-être pas volontairement pour les Crocs, expliqué-je d'une voix rauque. Je voulais en savoir plus avant de décider ou non de la tuer.

Je suis parfaitement consciente qu'ils peuvent m'entendre, même sans ouïe surnaturelle. L'homme inspire vivement, mais les deux femmes gardent le silence.

— Eh bien, c'est le moment de le découvrir, annonce Gryphon en tapant dans ses mains. J'ai autre chose à faire ensuite, comme prendre soin de ma compagne et veiller à ce qu'elle se ménage avec ses blessures.

Je lui grogne dessus.

— Ta compagne va très bien. Aide-moi à me lever.

— Oh que non. Tu resteras au sol tant que je ne t'aurai pas donné le feu vert. Tu es encore en train de guérir. Maintenant, bois encore de l'eau.

— L'eau, ce n'est pas un médicament.

Il hausse les sourcils.

— Ah non ? Oh bon sang, ça veut dire que toutes mes études de médecine n'ont servi à rien !

Ses mimiques exagérées m'amusent. Il sait être adorable

quand il cherche à me remonter le moral. Non pas que j'en aie besoin. Je suis heureuse d'avoir pu tuer quelques personnes, mes seins sont toujours intacts et je m'apprête à interroger une siren.

— Si je n'ai pas le droit de me lever, alors rapproche ces gens de moi, lui demandé-je. C'est difficile d'avoir l'air menaçante en étant assise par terre.

— Le sang sur tes vêtements te donne l'air suffisamment menaçante, crois-moi, murmure Lennox. Tu veux que je les intimide un peu ?

— Non, ils viennent d'assister à une bagarre avec des métamorphes mutants. Ils sont assez intimidés comme ça, à mon avis.

L'homme grogne comme pour confirmer. Il tremble de tous ses membres, et la seule chose qui semble l'empêcher de flipper totalement, ce sont les mains fermes de sa femme sur ses épaules.

Gryphon escorte les deux femmes jusqu'à moi, ignorant consciencieusement l'humain. Il les fait asseoir par terre, une première pour elles, j'en suis sûre. La jolie robe de Rosalind est déchirée par endroits et imbibée de différents fluides corporels. Surtout du sang, même s'il me semble distinguer autre chose. Sa fille s'en est tirée relativement indemne et semble la plus confiante des trois. Cela me surprend, étant donné son hystérie à l'étage tout à l'heure.

Je me tourne vers Rosalind.

— Je m'appelle Kat et je suis une ennemie des Crocs. Si votre fille a raison, c'est votre cas aussi.

— Ennemie, crache-t-elle. Non, je ne suis pas leur ennemie.

— Maman, intervient sa fille, plus personne n'écoute. Tu peux dire la vérité.

Rosalind me regarde droit dans les yeux, et je vois dans les siens une dureté d'acier, une force cachée derrière les jolies robes et l'étiquette. C'est elle qui continuait à chanter, me rappelé-je. Elle a continué à se battre debout alors que tous les autres étaient morts. Elle fera peut-être une bonne alliée.

— Vous pouvez nous faire confiance, déclare tout à coup Gryphon.

Bien sûr, c'est un siren. Ils se fieront peut-être plus facilement à lui qu'à moi.

— Je ne suis pas un Croc, même si je suis un siren, comme vous. Certains d'entre nous ont quitté leur famille pour protester contre ce qu'il se passait. Vous n'êtes pas la seule à ne pas vouloir y prendre part.

Rosalind le dévisage un long moment, puis soupire.

— Oui, je ne suis pas vraiment amie avec eux. J'ai tenté de fuir mon héritage toute ma vie. J'ai épousé un humain contre la volonté de ma famille. Au début, ils m'ont bannie pour ça, ont coupé les ponts. Mais comme j'ai fait fortune et bâti ma propre vie, ils sont revenus, ont vu ce que j'étais devenue et ont voulu me réintégrer. Ils voulaient tirer profit de l'influence que j'ai, de la confiance que j'ai bâtie avec la communauté humaine. Lorsque j'ai refusé, ils nous ont menacés, ma famille et moi.

— Les Crocs ou les sirens normaux ? demandé-je.

Elle rit froidement.

— Il ne reste quasiment plus de sirens hors des Crocs. Ils n'admettent aucun refus. Je ne suis pas fière d'avoir accédé à leurs exigences, mais je ne m'excuserai pas non plus. Ils ont menacé ma famille, donc j'ai fait ce que j'avais à faire.

— Nous comprenons, lui assure gentiment Gryphon. Nous avons été témoins de leurs actes.

— Ah bon ?

Elle rit à nouveau.

— Je doute que vous connaissiez l'étendue de leur plan, sinon, vous ne les auriez pas tous tués. Leur vengeance sera terrible.

Son mari, toujours assis près de la grande table, pousse une petite exclamation. Rosalind se tourne vers lui et lui adresse un sourire tendu.

— Ne t'en fais pas, chéri, je ne laisserai personne vous faire du mal, à Sinead ou toi.

J'ai enfin le vrai nom de la fille, qui lance un regard dur à sa mère, comme si elle était en colère. Euh. Bizarre.

— Je n'ai pas besoin de ta protection. Je l'ai prouvé ces dernières semaines, non ?

Le visage de Rosalind s'adoucit.

— Oui, c'est vrai. Tu devrais rester discrète, sinon, tu seras encore plus en danger.

— Quoi ? m'en mêlé-je sur un ton péremptoire. Qu'est-ce que vous avez fait ?

Sinead me dévisage alors, et toute son attitude change. La femme immature et apeurée a disparu. Ses yeux luisent désormais comme des diamants, un peu rugueux, mais prêts à transpercer tout ce qui se met en travers de son chemin. Sa posture trahit sa confiance en elle et sa force. Intéressant. C'est une actrice.

— J'ai tué des Crocs, annonce-t-elle, et sa mère gémit en réaction. Je les ai assassinés comme eux exécutent les humains. Comme ils ont menacé de le faire à mon père.

Plusieurs pièces du puzzle s'agitent avec excitation dans mon esprit avant de s'assembler pour former une image complète.

— Et vous avez laissé des pièces des Crocs sur leurs corps en guise d'avertissement pour d'autres.

La surprise s'affiche un instant sur son visage, avant qu'elle n'enfile à nouveau son masque.

— Oui. Vous êtes au courant ?

— On m'a demandé d'enquêter sur les meurtres. Mon client pensait que c'était l'œuvre des Crocs, et non l'inverse.

— Et vous n'avez pas découvert la vérité ? réplique-t-elle avec un sourire dédaigneux.

— Je n'ai pas encore vu les corps, grogné-je entre mes dents. J'ignorais que c'étaient des sirens. J'ai été un peu distraite par le meurtre de métamorphes mutants dans votre salon, au cas où ça vous aurait échappé.

— Qui ne seraient jamais venus ici si vous n'étiez pas arrivée, intervient Rosalind. Je ne les avais jamais vus à l'œuvre. J'ai entendu des rumeurs au sujet d'abominations plus fortes que les autres êtres vivants, mais je croyais que ce n'étaient que des ragots créés pour nous intimider.

Son regard s'adoucit un peu.

— Vous êtes gravement blessée ?

— Ça ira.

Elle m'embarrasse. Je déteste afficher de la vulnérabilité devant ces gens. Surtout devant Sinead, une humaine qui a tué SIX Crocs. Ridicule. Je dois bien admettre que j'ai cru à son petit jeu d'humaine adoptée stupide et hystérique de tout à l'heure. J'imagine qu'elle a eu des années pour s'y entraîner, si elle a fréquenté toute sa vie des sirens pensant que les humains ne valent pas mieux que le bétail.

— Comment avez-vous fait ? lui demandé-je. Pour qu'ils ne vous ensorcellent pas ?

Elle me décoche un sourire triomphant.

— Je suis immunisée. Je suis sourde de naissance. Je n'ai retrouvé l'ouïe que grâce à une opération. Nous pensons que c'est ce qui m'a immunisée contre le chant des sirens. La plupart d'entre eux l'ignorent, sinon, je serais morte depuis longtemps. Les Crocs sont de plus en plus imprudents. Ils savent qu'ils sont à deux doigts d'atteindre leurs buts, alors ils ne cherchent plus à se montrer discrets. Parmi tous ceux qui nous rendaient visite, il n'a pas été difficile de choisir ma prochaine victime.

— Sinead, la réprimande sa mère. Tu ne devrais pas parler comme ça. Je ne veux pas que tu deviennes une meurtrière.

— C'est trop tard, Maman. J'en suis une, et fière de l'être.

— Pas une meurtrière. Un assassin. Il n'y a rien de mal à ça. Vous n'êtes pas la seule.

Lennox lève la main.

— Assassin !

Gryphon l'imite avec un sourire malveillant. Ryker hausse les épaules et garde le silence. Il a déjà tué, même aujourd'hui, mais il ne se considère pas comme un assassin. Je pense que son esprit est resté comme celui d'un chat en l'occurrence, il traque ses proies et les tue à la fin.

Rosalind semble choquée, mais sa fille sourit.

— Je n'avais encore jamais rencontré d'assassin.

J'éclate de rire.

— La plupart des gens les rencontrent seulement juste avant de mourir. Mais comme nous savons à présent que vous ne faites pas partie des Crocs, nous ne vous voulons aucun mal. Au contraire, vous allez nous aider à les abattre.

— Ah bon ? réplique sèchement Rosalind. Je ne crois pas, non. Comme je vous l'ai dit, ils ont menacé ma famille. Après ce qu'il s'est passé aujourd'hui, nous allons être encore plus exposés. Je pourrais toujours dire que nous avons survécu par miracle, que vous nous pensiez morts, mais je ne suis pas sûre qu'ils me croient.

— Voilà justement pourquoi nous devons nous battre, argumente sa fille d'une voix passionnée. Il est temps de mettre fin à cette mascarade. J'en ai marre de marcher sur des œufs avec eux et de jouer les filles stupides qui ne sait rien sur les affaires des sirens. Je suis prête à me venger de ce qu'ils ont fait.

Je lance un regard interrogateur à Rosalind.

— De quoi parle-t-elle ?

Elle ne me répond pas, donc je me tourne vers Sinead, qui évite mon regard, consciente d'en avoir trop dit.

À ma grande surprise, c'est Lord Tailor qui répond. Je l'avais complètement oublié, lui.

— Ils ont tué notre enfant. Ils ont chanté jusqu'à ce qu'il meure. Ils ont dit qu'un enfant moitié siren moitié humain ne méritait pas de vivre.

— Ils ont fait quoi ? s'écrie Gryphon.

Sinead fixe l'un des cadavres comme si elle voulait l'attaquer.

— Ils ont encerclé ma mère et ont entamé l'une de leurs horribles chansons. Ils ont tué le fœtus. J'allais avoir un petit frère et ils l'ont tué.

Un frisson me remonte l'échine. Le meurtre des enfants

métamorphes, dans ma ville d'origine, était déjà assez horrible, mais ils l'ont fait par procuration, sans jamais se salir les mains. Et maintenant, ils tuent l'un des leurs ? Putain. Il est temps de mettre un terme à tout ça une bonne fois pour toutes.

— Savez-vous ce qu'ils prévoient pour le congrès ?

Les deux femmes opinent.

— Nous comptons les arrêter avant qu'ils n'aient la moindre chance de mettre leur plan à exécution. J'ai tué huit Crocs aujourd'hui. Mes compagnons en ont assassiné d'autres. Ils seront sur le qui-vive, maintenant, mais ça ne nous arrêtera pas. Rosalind, donnez-nous des noms et des adresses. Puis nous irons les traquer. Au moment où les politiciens se réuniront, il ne restera plus aucun Croc pour passer de colliers autour des cous des humains.

Rosalind souffle.

— Même si je vous donne ces noms, vous n'avez aucune chance. Regardez-vous. Vous êtes blessée. Vos hommes n'ont pas l'air en meilleur état non plus. Les Crocs que vous avez tués aujourd'hui ne sont pas le haut du panier. Ceux-là seront protégés. Ce ne seront pas des cibles faciles et ils vous tueront avant que vous ne vous approchiez.

Elle indique le petit boîtier noir cassé posé à côté de moi.

— Cette technologie anti-siren ? Ils sont déjà en train de trouver une solution contre. Ils vont prévenir leurs agents de sécurité pour qu'ils détruisent ça, et ensuite, ils pourront vous éliminer un à un. Vous n'avez pas la moindre chance. Non, vous feriez mieux de faire vos bagages et de quitter la ville. C'est votre seule chance de survie.

— Maman, proteste Sinead, mais Rosalind lui indique de se taire.

— Sinead, ce n'est pas un jeu. Je t'ai autorisée à t'en prendre à ces gens, parce que je savais qu'ils étaient insignifiants. Et tu ne pensais quand même pas être sortie toute seule, si ? J'ai toujours demandé à quelqu'un de te suivre et d'intervenir si nécessaire. Ta petite mascarade d'assassin s'arrête aujourd'hui. Nous partons, et si vous savez ce qu'il y a de mieux pour vous, Kat, vous ferez de même.

Je secoue la tête. Je n'accepterai pas ça. J'ai besoin d'elle à mes côtés. Elle peut nous donner des noms que nous mettrions sinon une éternité à trouver. Oui, nous pourrions fouiller toutes les maisons des Crocs d'aujourd'hui et chercher des informations, mais nous n'avons pas le temps. Nous avons besoin de Rosalind Tailor, même si je déteste me fier à des sirens.

— Vous allez nous aider, lui ordonné-je d'une voix aussi tranchante que mes couteaux. Parce que vous voulez vous venger, je le vois dans vos yeux. Regardez autour de vous. Regardez ces corps. Tous ces gens ne pourront plus vous forcer à agir contre votre volonté. Ils appartiennent au passé. Pourquoi les laisseriez-vous vous virer de votre maison ? Vous vous êtes construit votre propre vie, vous l'avez dit vous-même. N'abandonnez pas tout ça. Battez-vous et assurez-vous que plus personne ne puisse vous faire de mal ou à votre famille.

— Elle a raison, intervient Gryphon, bien plus gentiment que je ne le serai jamais. Même si vous fuyez, ils finiront par vous retrouver. Vous êtes habituée à un certain train de vie. Si vous voulez continuer à vivre de cette façon, cela attirera l'attention. Et pensez-vous que vous serez heureuse, en fuite, à toujours regarder derrière votre épaule ? À rester sur le qui-vive prête à faire vos bagages et partir plus loin ? Croyez-moi, je suis passé par là. Ça ronge de l'intérieur. Je ne vous le souhaite pas.

— Vous n'avez aucune chance, répète-t-elle, bien qu'elle n'ait plus l'air tout aussi convaincue. Combien êtes-vous ?

Lennox sourit, et son loup remonte à la surface un instant. Ses yeux changent de couleur, son attitude change, révélant le prédateur en lui.

— Il y a toute une meute qui attend que je leur indique où aller. Nous avons des assassins, des experts en maniement des armes, des experts en poisons. Nous ne sommes pas seuls.

— Une meute de loups ? s'exclame Sinead. Des loups métamorphes ? Toute une meute ?

Elle lui lance un regard avide et le détaille de la tête aux pieds.

— Ils vous ressemblent ?

— Il est à moi, grogné-je. Maintenant, dites-nous où trouver les dirigeants des Crocs. Surtout, dites-moi où se cache Lord Delaney. J'ai des comptes à régler avec lui.

Rosalind me fixe droit dans les yeux, comme si elle y cherchait quelque chose. Au bout d'un long moment, elle opine.

— Je vais vous faire une liste. Je ne connais pas tous les Crocs d'Attenburgh, mais j'ai effectué quelques recherches, donc je pourrai vous donner les coordonnées d'une dizaine d'entre eux, au moins.

Elle parcourt la pièce du regard.

— Moins ceux des personnes que vous venez de tuer.

— Je vais vous aider, se propose Sinead. J'en connais peut-être certains que ma mère ne connaît pas. J'ai rédigé ma propre liste de cibles.

Un miaulement retentit à l'extérieur, douloureux et alarmé. Ryker bondit sur ses pieds. Je l'aurais imité, si j'en avais eu la force. Fichu corps. Guéris, bon sang. Oublie de faire pousser la queue, tant que je peux me lever et combattre la menace que nous annonce le chat.

Ryker se détourne de la fenêtre, le visage grave.

— Il y a le feu. Quelqu'un a allumé un feu chez nous.

CHAPITRE 18

ous courons à toute allure. Lennox et Ryker se sont changés pour aller plus vite, et Gryphon est resté à mes côtés. Chaque geste est douloureux, mais c'est le désespoir qui me pousse à avancer.

Ma maison est en feu. Comment vont mes bébés ? Mes sœurs ? Lily ? Bethany ? Benjamin ? Les chatons ?

Je refuse de penser à ce qui aurait pu se produire. Non, je repousse mes craintes et cours. Je percute des gens, je me fiche d'attirer l'attention. Je dois rentrer chez moi.

Lorsque nous tournons dans notre rue, l'odeur de fumée imprègne l'air. Un nuage s'élève de la maison au bout de la rue. C'est horrible. Tout le bâtiment est en feu. Les flammes sortent par les fenêtres jusqu'au grenier. Des humains ont formé un cercle autour de la maison, regardant ce qu'il se passe et criant. Nous écartons la foule, sans parvenir à avancer davantage. Du bois brûlé est tombé au sol, bloquant la porte d'entrée. Des étincelles crépitent dans l'air et atterrissent sur mes vêtements, ma peau, laissant des marques. Je m'en fiche.

— Lily ! hurlé-je à pleins poumons. Caitlin !

— On est là !

La voix de Lily arrive de ma droite, derrière un groupe d'humains fouineurs. Je me précipite dans cette direction sans tenir compte de la douleur dans mes jambes. Lily est assise par terre, le visage couvert de suie, tenant Donna et Bella dans ses bras. Les jumelles sont réveillées, mais ne pleurent pas. Cela m'inquiète. Elles devraient être effrayées, non ? Ont-elles inhalé trop de fumée ?

— Où sont les autres ? demande Gryphon, derrière moi.

— Benjamin est derrière, il essaie de faire sortir tout le monde. J'ai envoyé Lennox et Ryker l'aider. Caitlin a Liat. Sophie est avec elle aussi. Je leur ai demandé de trouver un téléphone pour appeler à l'aide. Même si un des humains a dû appeler les pompiers, depuis le temps.

Oui, où sont-ils ceux-là, d'ailleurs ? Comment avons-nous pu arriver plus vite en traversant la moitié de la ville en courant, que les secours ? Putain d'humains. Ils vont nous laisser crever.

— Et Bethany ?

— Je ne sais pas.

Lily tousse.

— Tout s'est passé si vite. Ils ont jeté quelque chose par les fenêtres. Il y a eu des explosions. Je me suis précipitée à la nurserie et j'ai attrapé les bébés. J'ai tenté de tous les porter, puis Caitlin est venue m'aider.

— Tous les bébés ? répété-je, l'air d'une hystérique, mais je m'en fiche. Et Ombre, alors ? Tu n'as pas parlé d'elle ! Où est-elle ?

— Elle se trouvait avec Bethany quand c'est arrivé. Elles étaient dans la cuisine, je crois…

Je me tourne vers les fenêtres de la pièce en question. Une épaisse fumée noire se dégage des carreaux brisés, entrecoupée de flammes rouges.

Quelque chose se fige en moi. Mon bébé. Ma magnifique Ombre.

Gryphon pose sa main sur mon épaule.

— On va la trouver. Tout ira bien pour elle. Tu peux la sentir ?

— Non, la fumée bloque tout.

Les larmes me montent aux yeux.

— Je ne la sens pas.

— Allons voir à l'arrière, elle y est peut-être.

Il s'agenouille près de Lily et embrasse les jumelles sur le front.

— On revient tout de suite.

Je l'imite, enlaçant mes bébés, inhalant leur odeur.

Bella marmonne quelque chose dans un demi-sommeil.

— Chuuuut, reste avec tatie. Je reviens tout de suite. Dors.

Me détourner d'elles me transperce le cœur. Cela va à l'encontre de mon instinct maternel, cependant, deux autres bébés m'attendent. J'ai confiance en Caitlin, elle protégera Liat, même si j'aurais aimé pouvoir le serrer dans mes bras. Je ne croirai qu'il va bien que quand je le verrai de mes propres yeux.

Je suis Gryphon, contournant la maison en courant, en évitant les braises brûlantes. Des tuiles tombent du toit et s'écrasent comme des missiles. L'une d'elles m'effleure le coude, mais je continue à courir. Après tout, j'ai déjà mal partout. Chacun de mes muscles hurle son agonie. Ce qui me maintient debout, c'est la peur pour ma fille. Le pouvoir de l'amour est épatant.

Nous grimpons le mur du jardin pour rejoindre l'arrière de la maison. Le spectacle est encore pire vu d'ici. Le toit semble à deux doigts de s'effondrer et chaque fenêtre est en feu. Ryker, Lennox et Benjamin sont blottis contre la palissade en pierre, avec quelques chats à leurs pieds, mais pas tous ceux qui vivaient chez nous. Ryker câline un chaton dont la moitié de la fourrure a brûlé. L'animal miaule tout bas. Ses blessures ont heureusement l'air superficielles. Benjamin est couvert de suie et de cendres, et il a des cloques rouges sur les bras, comme s'il s'était trop approché des flammes.

— Quelle est la situation ? demandé-je, essayant de rester la plus objective possible.

Ryker se tourne vers moi et je remarque les larmes dans ses yeux. Merde. Je ne l'avais jamais vu pleurer.

— Citrouille est resté à l'intérieur pour sauver ses chatons, explique-t-il d'une voix rauque.

Chacune de ses syllabes trahit sa peur.

— Quel idiot. Se précipiter comme ça dans un bâtiment en flammes...

— Tu as bien tenté de l'y rejoindre, indique tranquillement Lennox. Et tu y serais parvenue si je ne t'avais pas taclée. Morte, tu ne seras d'aucune utilité à ton fils ou nous.

J'enlace Ryker et le serre contre moi le plus fort possible sans écraser le chaton. Mon compagnon sent la fumée, comme nous tous. Je ne sais pas quoi dire. Y a-t-il de l'espoir pour Citrouille ? Il est petit, mais toute la maison est en flammes. Je ne vois pas comment il pourrait s'en sortir vivant et encore moins sauver d'autres chatons. Certains étaient blessés, raison pour laquelle il les gardait sous son aile. Il s'est transformé en mini-Ryker, rassemblant des chats et les ajoutant à notre petite famille.

— Tout ira bien, murmuré-je, espérant être convaincante. Il est fort et malin. Il trouvera la sortie.

Ryker ne répond rien. Il love son visage contre mon épaule, cachant sa tête dans mes cheveux. Comme pour échapper à la réalité. Je le comprends.

— Benjamin, tu as vu Ombre ? le presse Gryphon. Lily a dit qu'elle était avec Bethany.

— Non, réplique l'intéressé en toussant. Je sais qu'elle était dans la cuisine il y a une demi-heure, mais elle avait peut-être bougé quand le feu s'est déclenché. Elle essayait d'enseigner à Ombre comment préparer des poisons simples.

Dans n'importe quelle autre circonstance, imaginer la situation m'aurait amusée, mais pas en cet instant. Je garde mon hilarité pour plus tard, quand tout ira bien.

Gardant Ryker contre moi, je tends les deux mains. Gryphon et Lennox les prennent sans un mot. Je les attire contre moi, et nous nous câlinons, nous réchauffant mutuellement pour dissiper le froid glacial qui s'est emparé de nous malgré les flammes qui craquent dangereusement autour de nous. Il manque l'un de mes bébés. Il faut que je fasse quelque chose, mais quoi ? Mon cœur me pousse à courir dans la maison en flammes, mais je sais que c'est une mauvaise idée. Les garçons m'en empêcheraient. Non, elle va bien, forcément. Bethany l'a mise en sécurité. Si seulement cette fumée pouvait se dissiper, pour que je puisse sentir ma fille.

J'ignorais que le feu était si bruyant, étrange mélange de rugissement et de craquements, comme une bête dévorant sa proie. D'autres tuiles tombent au sol. Nous sommes cernés d'éclats de bois. Si j'étais poète, je les comparerais aux morceaux de mon cœur en miettes. Mais je n'en suis pas une. Je suis juste une mère espérant de toutes les fibres de son être que son enfant est en vie.

— Qu'est-ce qu'on fait ? murmuré-je.

— Demandons aux humains, suggère Lennox. Ils ont peut-être vu Bethany et Ombre. On se fiche d'attirer l'attention sur la fourrure d'Ombre. On a déjà attiré l'attention de toute la rue, voire de toute cette partie de la ville, de toute façon.

Une sirène retentit au loin. Les pompiers, enfin. Le temps qu'ils arrivent ici, la maison sera réduite en cendres.

Un autre craquement retentit à l'intérieur de la maison, qui s'écroule de l'intérieur. Puis une voix. D'homme. Euh.

— À l'aide !

Je ne reconnais pas la voix, mais cela n'a pas d'importance. Il n'est pas loin, sans doute juste derrière la porte arrière en feu. J'échange un regard avec mes hommes. Hors de question de rester à l'écart à présent.

Gryphon déchire son tee-shirt et en entoure ses mains avant de se précipiter vers le bâtiment, imité par Lennox. À eux deux, ils parviennent à ouvrir la porte, qui se brise en plusieurs morceaux brûlants. Mon cœur se serre face à cette vision de l'intérieur. Il n'y a plus que des flammes.

— Oh hé ? crié-je. Où êtes-vous ?

Pas de réponse. Puis… un bébé pleure. Je reconnaîtrais ce son n'importe où. Ombre. Sa voix est un peu plus aiguë que celle de ses sœurs. Gryphon répète sans cesse qu'elle sera une soprano un jour, et les autres des altos. Peu importe, en cet instant. Ombre est vivante. Et dans un bâtiment en feu, séparée de nous par un mur de flammes. Le monde ne m'a jamais paru aussi lugubre.

Nouveau craquement. Puis une silhouette apparaît derrière les flammes. À cause de la fumée, mes yeux me brûlent, donc j'ai du mal à distinguer tout, mais c'est clairement un homme.

Il nous faut de l'eau pour étouffer les flammes, mais les sirens sont encore trop loin. Pourquoi est-ce que les humains ne lancent pas des seaux d'eau depuis chez eux ? Pourquoi est-ce que personne ne nous aide ?

— Je vais tenter quelque chose, je ne sais pas si ça marchera, annonce Gryphon en écartant les mains comme pour enlacer le bâtiment.

Il ouvre la bouche et se met à chanter, une mélodie calme et douce, en totale inadéquation avec le brasier devant nous. Elle m'enveloppe, apaise certaines de mes craintes. Je m'y refuse. Je la repousse et, comme toujours, la magie de Gryphon n'est pas assez puissante pour m'ensorceler entièrement. Je me tourne vers les autres. Les trois hommes sourient. Benjamin est le plus atteint. Rien d'étonnant, puisqu'il n'est qu'humain.

La voix de Gryphon gagne en intensité, son chant en puissance et en force. Après l'approche gentille, il se prépare à se battre. Les flammes frémissent sur le pas de la porte. Au début, je pense que ce n'est qu'un effet du vent, mais non, elles réagissent à sa mélopée. Ouah. J'ignorais qu'il pouvait faire ça. À la surprise affichée sur son visage, lui aussi.

Encouragé par ce premier succès, il continue à soumettre les flammes. Elles n'aiment visiblement pas se faire contrôler par un chant siren, mais il est plus fort qu'elles. À chaque seconde qui passe, elles diminuent, et bientôt, il ne reste plus que des étincelles et des braises craquantes. Gryphon s'avance et s'occupe des flammes nous séparant de l'homme. De la sueur perle sur son front, transformant la cendre sur sa peau en boue. J'aimerais pouvoir lui transmettre un peu d'énergie, même s'il ne m'en reste pas beaucoup.

— Kat !

Je pivote vivement en voyant Bethany grimper le mur. Mis à part quelques égratignures, elle est indemne. Et sans Ombre. La rage bouillonne en moi. J'ai beau être heureuse de voir mon amie en sécurité, mon bébé se trouve dans une maison en flammes parce que Bethany ne l'a pas sortie à temps. J'avais confiance en elle.

— J'ai entendu du bruit à l'extérieur et je suis allée vérifier, halète-t-elle, consciente que je m'apprête à lui hurler dessus. J'ai laissé Ombre dans la cuisine. Je ne voulais pas la mettre en danger pour le cas où il y aurait des mutants prêts à attaquer. Les explosions ont débuté dès que je suis sortie de la maison. Je suis désolée. J'ai tenté d'aller la chercher, mais j'ai été soufflée par l'explosion et j'ai perdu connaissance. Quand je me suis réveillée…

Ses épaules s'affaissent. Elle semble si perdue et pleine de remords que ma colère disparaît.

— Quelqu'un l'a récupérée, expliqué-je en me concentrant à nouveau sur la silhouette visible derrière la fumée. Gryphon tente de repousser les flammes pour que l'homme puisse sortir.

Quand elles sont enfin assez basses pour que nous puissions distinguer l'homme, Gryphon chancelle. Lennox le soutient, tandis que je tente de rester debout malgré ma douleur. Ryker n'a rien dit, n'a pas bougé non plus. Il semble figé, sous le choc et le chagrin. J'aurais aimé pouvoir l'aider. J'aurais aimé que nous entendions le miaulement de Citrouille en même temps que les cris d'Ombre.

La voix de Gryphon faiblit, mais elle a toujours l'effet escompté. Les flammes refluent, dégageant un chemin entre l'homme et nous. Il s'avance en chancelant, serrant quelque chose contre sa poitrine. Son visage est dans l'ombre, maintenant que les flammes n'illuminent plus la pièce. Il a un panier dans une main, mais donne l'impression de ne plus pouvoir le tenir très longtemps. Le pauvre type a dû respirer une sacrée quantité de fumée. C'est un miracle qu'il soit toujours debout.

Je n'attends plus. Je cours jusqu'à lui. Sans un mot, je tends les mains et il me transmet son petit paquet. Ombre est enveloppée dans une serviette humide, presque sèche à présent. Elle me dévisage avec de grands yeux, puis sourit. Elle va bien. Je couine, oui, *littéralement.* J'embrasse ma fille, puis la serre contre moi le plus fort possible sans la briser. Pendant un instant, tout va à nouveau mieux dans mon monde. Jusqu'à ce que l'homme à mes côtés émette un gargouillis et tombe à genoux.

D'accord, peut-être que tout ne va pas bien dans mon monde actuellement.

Je lui prends le panier des mains, un acte salué par un concert de plaintes miaulées. Non seulement il a sauvé ma fille, mais aussi les chatons. Qui est ce mystérieux héros ? Je ne l'ai même pas regardé, trop occupée à m'assurer qu'Ombre était en vie et en bonne santé.

Alors que je m'apprête à lui proposer de s'appuyer contre mon épaule, Ryker nous rejoint et fixe l'autre homme. Je l'imite aussi, parce que ce type — ou ce jeune homme, disons — me paraît très familier. On dirait le petit frère de Ryker.

— Vous devez sortir, Gryphon ne peut plus tenir très longtemps ! crie Lennox depuis l'extérieur.

Ryker saisit le garçon et l'aide à marcher, tandis que je porte Ombre et les chatons. Dès que nous sommes hors de la bâtisse, Gryphon arrête de chanter et aspire l'air à grandes goulées, s'affalant au sol, pâle et couvert de sueur. Il parvient tout de même à me sourire pour m'indiquer que je n'ai pas besoin de m'inquiéter pour lui.

Je m'occupe d'Ombre, comptant chacun de ses petits doigts et orteils, m'assurant que sa fourrure noire n'est roussie nulle part.

Mis à part un peu de suie sur sa peau, elle semble aller parfaitement bien. C'est un miracle. Elle me sourit comme si de rien n'était, puis attrape mon doigt dans son petit poing. Je lui caresse la tête, savourant le simple plaisir de la tenir dans mes bras. Les chatons miaulent dans le panier, mais comme ils ne semblent pas souffrir, je les ignore pour le moment. Ils auront droit à un peu d'herbe à chats plus tard pour se remettre du choc. Je me tourne vers la maison incendiée. Ou peut-être pas. Notre réserve d'herbe à chats a disparu, comme tout le reste. Notre maison est partie en fumée, littéralement, et continue à brûler. De l'autre côté du bâtiment, un bruit d'eau signale que les pompiers sont enfin arrivés. Il est trop tard, cependant. Il ne reste plus rien à sauver. Au moins, nous sommes tous en vie. Seule notre maison y est passée.

— Citrouille, lance Ryker, et je réalise que je les ai totalement ignorés, le jeune homme et lui.

Je mets quelques instants à assimiler ce nom. Bouche bée, je dévisage le garçon. Des cheveux gris sombre. Une peau de la couleur de ma fourrure de panthère. Des yeux jaunes.

Ceux de *Ryker*.

Ce garçon, c'est Citrouille. Le chaton est devenu un homme.

CHAPITRE 19

Nous offrons un triste spectacle alors que nous nous déplaçons dans les rues d'Attenburgh. Nous utilisons le même chariot que récemment, sauf que cette fois-ci, je ne me vide pas de mon sang en compagnie de quatre nouveau-nés. Nous avons placé les bébés et les chatons dans le chariot. Comme nous avons vendu les chevaux, nous devons pousser. Nous sommes presque tous vidés de nos forces, mais c'est sans doute Gryphon qui est dans le pire état. Le visage cendreux, il s'accroche à la cariole pour tenir debout. Nous lui avons proposé de monter sur le véhicule, mais il a refusé d'en entendre parler. Même à deux doigts de s'effondrer, il reste un homme fier.

Ryker et Citrouille marchent côte à côte, le jeune homme toussant régulièrement. Il a ingéré trop de fumée, mais nous ne pouvons rien y faire pour le moment. Je les regarde dès que je parviens à quitter mes bébés des yeux, soulagée qu'ils soient toujours en vie. Citrouille est presque aussi grand que son père, mais pas aussi bien bâti. Il ressemble à un adolescent de 15 ou 16 ans, l'âge où les membres des garçons semblent trop longs par rapport au reste de leur corps. Bien que dégingandé, il reste un beau jeune homme. Je pense que la plupart des filles de son âge ne diront pas non, s'il les invite à un rendez-vous.

Je ne lui ai pas encore parlé, préférant laisser Ryker passer du temps avec son fils. C'est difficile, parce que je déborde de curiosité. Le chaton par lequel tout a commencé, sans qui je n'aurais jamais rencontré Ryker, est devenu humain. Pendant tout ce temps, nous nous demandions s'il en serait capable, et il avait fallu une situation de vie ou de mort pour qu'il y parvienne. Tout comme son père. Tous deux se ressemblent tant que j'ai de la peine à imaginer à quoi ressemblait la mère. Peut-être que les gènes métamorphes sont dominants.

Les gens nous dévisagent, mais je les ignore. Nous n'avons pas d'autre choix que de nous rendre au centre-ville. Notre maison est partie en flammes et nous avons besoin d'un abri. Les sirens qui l'ont incendiée – que ce soient des Crocs ou non – vont à nouveau tenter de nous tuer, et aucun de nous n'est en mesure de se battre. Je guéris lentement et la douleur reflue. Ça ne signifie pas pour autant que je suis prête à défendre ma famille contre de multiples ennemis. Nous avons besoin d'aide, aussi dur que ce soit à admettre. Lady Lara constitue notre seul espoir, à l'heure actuelle. Je suis persuadée qu'elle nous offrira l'hospitalité, même si ça doit faire tiquer au sein de la mairie.

Caitlin a tenté de la prévenir, mais elle n'a jamais réussi à avoir la maire au téléphone. Quand elle a contacté les pompiers, ils lui ont appris que notre maison était sur liste noire, même si nous ignorons ce que cela signifie. Il lui a fallu beaucoup trop de temps pour les convaincre d'envoyer des hommes combattre le feu. Je vais toucher deux mots au responsable des pompiers. *Sur liste noire.* Je suis persuadée que c'est l'œuvre de Delaney ou d'autres sirens. Ils ne voulaient pas que nous fussions en mesure de sauver notre maison, notre famille. Pensaient-ils que nous serions tous à l'intérieur ? Aucune idée. Mais dans tous les cas, ils vont mourir, et beaucoup souffrir avant ça.

Sophie s'approche de moi et me prend la main.

— Il me tarde de la rencontrer.

— Qui ?

— La maire. C'est la première fois, et tu n'arrêtes pas de parler d'elle.

Je me force à sourire.

— Elle va te plaire. Elle a souvent des biscuits dans son bureau. Je suis sûre qu'elle t'en donnera.

— Au chocolat ?

— Plutôt au citron, en général. Mais j'aimerais vraiment qu'elle en ait à l'herbe à chats. J'en aurais bien besoin, là tout de suite.

Sophie opine avec enthousiasme.

— Moi aussi. Il faudra que Bethany m'en refasse.

— Ai-je entendu parler de biscuits à l'herbe à chats ? s'écrie Lily dans notre dos. Ce n'est pas bon pour la santé !

Je regarde Sophie et lève les yeux au ciel en exagérant le mouvement le plus possible.

— Elle ne sait pas ce qu'elle dit.

— Tu l'as déjà convaincue d'y goûter ?

— Oui, et ça ne lui a pas plu. Elle a dit que ça avait le goût du persil.

Sophie lance un regard dédaigneux à Lily.

— Mais pas du tout !

— Je suis d'accord avec toi ! Comment tu te sens ?

— Bien. On est sorties dès le début de l'incendie. Cet homme, c'est vraiment Citrouille ?

— Oui. Si tu t'approches de lui, tu le comprendras à l'odeur, même s'il ne ressemble plus à Citrouille.

Elle avance les lèvres, pensive.

— Je pensais qu'il serait plus petit.

— Moi aussi. Pour un si petit chat, il est devenu un humain plutôt grand.

— Tu sais s'il peut se transformer à nouveau ?

— J'espère. L'avenir nous le dira. Pour l'instant, on va lui accorder un peu de temps avec son père. Je suis sûre qu'ils ont beaucoup de choses à se dire. Tu veux t'asseoir sur le chariot ?

Elle me fusille du regard.

— Je ne suis pas un bébé. Peut-être que c'est toi qui devrais t'y asseoir.

Je soupire.

— Peut-être que oui. Ne le dis à personne, mais je suis épuisée.

— Je ne le répéterai pas, murmure-t-elle très sérieusement. Tu peux me faire confiance.

— Je le sais. Et je suis contente de t'avoir à mes côtés. Les prochaines semaines vont être difficiles, mais nous avons vécu des pires, toutes les deux, donc ne t'en fais pas, on surmontera ça aussi.

Je l'affirme autant pour elle que pour moi. C'est agréable à entendre, même si c'est moi qui le dis. Nous surmonterons ça. Nous n'avons pas le choix.

Je laisse les autres dehors et entre seule dans la mairie. Autant ne pas trop effrayer ce pauvre réceptionniste. Sauf qu'il est absent de son poste et que le chaos règne dans le bâtiment. Des policiers grouillent dans le hall, l'air grave et inquiet. L'un d'eux, un jeune à peine sorti de la puberté, me barre le passage.

— Navré, mademoiselle, mais vous devez partir.

— Je viens voir la maire. Je suis son garde du corps.

Il me lance un regard soupçonneux.

— Vous ne ressemblez pas à un garde du corps.

Oui, j'imagine qu'avec le sang et la suie, je ne ressemble à rien. J'ai déjà été mieux apprêtée, je le reconnais.

— Où étiez-vous il y a deux heures ? me demande-t-il, soudain beaucoup moins poli.

— Pourquoi ?

Il me saisit par le bras.

— Mademoiselle, je vous conduis à mon supérieur.

Je n'ai pas le temps pour ça. Je lui prends la main, la tords et lui balaie les jambes dans un même mouvement. Il s'écroule en poussant un cri surpris. Oui, garçon, je n'ai pas beaucoup de respect pour ton uniforme.

Je cours vers l'ascenseur en slalomant entre les agents de police qui tentent de me retenir. J'en frappe un au visage quand il cherche à monter dans l'ascenseur juste avant que les portes ne se referment. J'appuie avec le genou contre le bouton de fermeture des portes, et presse la combinaison secrète me permettant de prendre le contrôle de l'appareil. Heureusement que la police ignore cette astuce et n'a donc pas désactivé la commande pour forcer l'ascenseur. Quand celui-ci s'élève enfin, je m'appuie contre la paroi, éreintée, laissant tomber pendant un instant le masque de femme forte. Si je le pouvais, je me roulerais en boule par terre et dormirais pendant des jours. Mais je ne peux pas.

Dès que l'ascenseur s'ouvre, je me redresse et repousse ma fatigue. Des gens courent dans tous les sens, autant des employés de la mairie que des officiers de police. Je commence à avoir un mauvais pressentiment.

— Judy ! m'écrié-je en reconnaissant une femme qui me dépasse à toute allure. Qu'est-ce qui se passe, bon sang ?

C'est l'une des assistantes de Lady Lara, et même si je ne l'ai rencontrée qu'une fois ou deux, elle me reconnaît immédiatement.

— La maire a disparu, m'annonce-t-elle à bout de souffle.

Je la dévisage. Mon esprit met une seconde de trop à assimiler ses paroles.

— Disparu ? Genre elle a pris des vacances impromptues ou genre elle a été kidnappée ?

— Aucune idée, mais il semblerait qu'elle ne soit pas partie de son plein gré, il y a des signes de lutte dans son bureau. La police enquête.

Elle tend la main vers moi, puis se ravise et croise les bras.

— Pourriez-vous la chercher ? Je pense que vous avez de meilleures chances de la trouver que la police.

Euh.

— Qu'est-ce qui vous fait croire ça ?

Elle s'approche et baisse la voix.

— Parce que je ne pense pas qu'elle ait été enlevée par des *personnes*.

Ah. Elle est au courant de l'existence des sirens. Lady Lara doit avoir assez confiance en elle pour lui avoir confié cette information.

Je soupire et m'avance vers le bureau, en présumant qu'elle me suivra.

— Racontez-moi tout ce que vous savez.

* * * * * *

Judy déniche une pièce vide au rez-de-chaussée et accueille ma famille par une entrée secondaire, hors de vue de la police qui grouille dans tous les sens. Ils me font penser à des fourmis, courant partout selon un schéma étrange, avec ou sans but. Si ça se trouve, ils essaient juste d'avoir l'air occupés alors qu'ils n'ont aucune idée de quoi faire. Si Lady Lara a été enlevée par des sirens – ce qui semble bel et bien le cas –, ils ne peuvent pas faire grand-chose.

Je m'assieds sur le fauteuil le plus confortable que je trouve et allaite Ombre, qui tète avec une telle avidité que je grimace. Les garçons tiennent les autres bébés, à la queue leu leu, pour qu'ils puissent prendre le déjeuner à leur tour. Ou bien le dîner ? J'ai perdu la notion du temps. Au moins, la disparition de Lady Lara m'a suffisamment remplie d'adrénaline pour me donner un coup de fouet.

Citrouille et Sophie s'occupent des chatons dans un coin, leur nettoyant le poil. Je n'ai pas encore eu l'opportunité de parler à

Citrouille, ce qui m'agace. Je tiens ce monde de fous pour responsable, mais pour l'heure, j'ai d'autres priorités.

Les autres se sont assis un peu partout, l'air aussi épuisés que moi.

— Benjamin, où est la biche ? demande Caitlin tout bas.

Je comprends pourquoi elle murmure. La pièce est étrangement silencieuse, le seul bruit provenant des succions d'Ombre. Même les autres bébés se taisent, comme s'ils avaient perçu un changement.

— Elle s'est enfuie dès le début de l'incendie, répond-il dans un souffle. Je ne l'ai pas trouvée dehors, donc j'imagine qu'elle est partie. J'espère qu'elle reviendra.

Ma sœur pose son bras sur les épaules affaissées de Benjamin.

— J'en suis persuadée. Cette biche t'adore.

Ombre rote, indiquant qu'elle a terminé. J'observe mon petit miracle avec ses grands yeux innocents et sa peau couverte de fourrure. Je me suis déjà remise du fait d'avoir accouché de quatre bébés au milieu de nulle part. Rien n'est comparable à ça.

Je tends Ombre à Lennox et prends Liat à la place. Même s'il dort, il se jette sur mon sein dès que je le lui présente, sans jamais ouvrir les paupières. Adorable.

— Il nous faut un plan, annoncé-je tout haut. Nous ne pouvons pas nous réfugier où nous l'espérions, et notre seule chance d'obtenir de l'aide, c'est de retrouver Lady Lara. Je pense que nous savons tous qui l'a enlevée : les Crocs. J'ignore pourquoi ils ont agi maintenant plutôt que d'attendre le congrès, mais ça n'a pas d'importance. Nous devons la retrouver. Et en même temps, continuer à nous en prendre à eux. L'équipe *M.I.A.O.U.*, vous ne le savez pas encore, mais la cible que je devais tuer était en réalité une ennemie des Crocs. Elle et sa famille nous ont fourni les noms de tous les Crocs de cette ville. Je les contacterai dès que j'aurai fini de nourrir les bébés. Lennox, peux-tu appeler M. Moon et lui dire que nous avons besoin de ses loups pour s'attaquer aux sirens les moins puissantes. Bethany…

Je réalise soudain quelque chose alors que je fixe l'empoisonneuse.

— Les MacFay. Ils sont sortis de la maison ?

Elle écarquille les yeux, choquée.

— Je n'ai pas pensé à eux, murmure-t-elle. Je n'ai…

— Personne n'y a pensé, réplique Benjamin en lui prenant la main. On avait d'autres priorités. Tu veux que j'y retourne pour voir où ils sont ?

Il veut sans doute voir s'ils ont grillé comme du bacon. J'opine.

— Vas-y, et sauve tout ce que tu peux de la maison, s'il reste quelque chose. Ça m'étonnerait, mais on ne sait jamais. Lily, Sophie, Caitlin, je veux que vous restiez ici et protégiez les bébés. Ce sera notre centre névralgique. Nous allons nous séparer pour éliminer autant de Crocs que possible, et nous vous appellerons dès que nous aurons des nouvelles à vous communiquer. Et vous pourrez ensuite les transmettre aux autres quand ils appelleront. Ça vous convient ?

Caitlin secoue la tête.

— Pas à moi. Je rejoins la lutte. Hors de question que je reste ici comme une enfant. J'ai appris à me battre, tu le sais. J'ai été formée, tout comme toi.

— Mais…

— Laisse-la faire, intervient Lennox, une main sur mon épaule. Elle a raison. Nous avons besoin de tous les combattants disponibles.

— Je veux venir aussi ! insiste Sophie. Je peux…

— Non, grogné-je. Tu restes ici. Caitlin est une adulte et peut décider seule de se mettre en danger. Pas toi. Nous avons besoin de toi ici pour gérer les informations. Lily a besoin de toi.

— C'est vrai, confirme sérieusement l'intéressée. Je ne peux pas y arriver toute seule, Sophie.

Je continue avant que ma petite sœur ne puisse protester davantage.

— Bethany, tu veux te battre ou rester ici ?

— Ni l'un ni l'autre. Je vais faire du shopping. Nous avons besoin de matériel médical et de nourriture. À mon avis, vous ne reviendrez pas indemnes, alors mieux vaut que je me prépare. J'assurerai la coordination avec Judy. Et je m'arrêterai à la pharmacie pour acheter des ingrédients à poisons. Ce ne sera rien de très sophistiqué, mais si les sirens reviennent à la mairie, nous serons prêtes.

— Bien. Gryphon, tu pourrais contacter tante Rose ? Si tout ça part en sucette, nous devrons sans doute quitter Attenburgh pendant un moment. Peut-être qu'elle connaît un endroit où nous pourrions loger.

— Je suis sûr que M. Moon peut nous accueillir dans la maison de la Troupe, déclare Lennox.

— Moi aussi, mais je préfère être redevable à quelqu'un de ma famille qu'à des inconnus aux motifs mystérieux. Même si je suis contente de compter M. Moon parmi mes alliés, je ne pense pas que nos buts convergent totalement.

Je me tourne vers Citrouille.

— Veux-tu rester avec les chatons ?

Il acquiesce.

— Oui.

Même sa voix ressemble à celle de Ryker, mais un peu tremblante, comme s'il ne comprenait pas encore bien pourquoi il peut tout à coup s'exprimer comme un humain. Cela dit, il gère très bien.

Ryker récupère Liat et me tend Bella.

— Je vais prévenir les chats. Ils doivent être au courant pour l'incendie à présent, et je ne veux pas qu'ils s'inquiètent. Si nécessaire, nous pourrons leur demander de créer des diversions près des maisons des sirens pour distraire nos cibles le temps qu'on les tue.

— Bonne idée. Tout le monde sait ce qu'il a à faire ?

Hochements de tête et murmures approbateurs. Tandis que

mes hommes quittent la pièce, je continue à nourrir mes bébés, d'abord Bella, puis Donna, tout en échafaudant mentalement un plan. Même sans preuves, je suis persuadée que Delaney est le commanditaire de l'incendie. Nous aurions dû déménager dès mon retour à la maison. Il savait où nous vivions. Oui, nous avons installé des défenses, mais clairement pas assez bonnes contre les engins explosifs ou ce dont il s'est servi pour allumer le brasier chez nous. Rester dans notre maison était arrogant de notre part. Nous avions d'autres problèmes, cela dit. Je devais me rétablir et les bébés avaient besoin d'un foyer stable. Ou relativement stable, disons.

Une fois que Donna a terminé, je la pose gentiment sur une couverture avec les autres et me rends à l'étage, dans le bureau de Lady Lara. Il y a encore des policiers partout, mais moins que tout à l'heure. Judy a dû les informer de mon aide, parce que, cette fois-ci, personne ne m'arrête. Les officiers m'adressent des regards curieux, mais ne posent pas de questions stupides.

Dès que j'entre dans le bureau, l'odeur de sirens me parvient aux narines. Ils devaient être plusieurs, pour que la puanteur imprègne autant les lieux.

— Dehors, aboyé-je aux deux policiers qui fourragent dans les tiroirs du bureau de Lady Lara.

— Qui êtes-vous pour nous dire…

— Dehors, répété-je en montrant les dents.

Ils font le bon choix en se précipitant hors de la pièce. Sans doute pour aller chercher des renforts, mais je m'en fiche. Je ferme les yeux et me concentre uniquement sur mon odorat. Plus je me focalise dessus, plus l'image se précise. Les sirens sont entrés par la porte, se sont arrêtés près du bureau, au moins l'un d'eux en a touché la surface en bois. Puis ils sont partis, mais pas tous en même temps. L'un d'eux est resté ici ; il a fourragé dans les tiroirs et effleuré les étagères sur la gauche. Il devait chercher quelque chose.

Je rouvre les yeux. Le fauteuil en cuir est renversé, mais ne porte aucune trace de sirens. C'est Lady Lara qui a dû le reculer elle-même. C'est le seul signe de lutte. Ils l'ont sans doute vaincue avec leur magie siren plutôt que physiquement. S'ils s'étaient battus contre elle, j'aurais perçu l'adrénaline et la sueur de la maire, ce qui n'est pas le cas.

J'approche une chaise de la porte et monte dessus pour atteindre le boîtier anti-sirens vissé au mur. Il est caché dans une pendule, mais le camouflage n'était visiblement pas très bon. L'appareil est éteint. Je renifle. Aucun siren ne l'a touché. Un humain. Un siren a dû ensorceler quelqu'un pour qu'il vienne ici et désactive la technologie anti-siren. En théorie, ce boîtier sert à contrecarrer toute influence qu'un siren peut avoir sur un humain, mais nous n'avons pas pu vérifier si c'était toujours valable avec les sirens les plus puissants, Gryphon ayant refusé de manipuler un humain. Je le regrette, à présent. Parce que, visiblement, c'était possible.

Je retourne au bureau et remets le fauteuil droit. Aussi confortable que dans mon souvenir. Je sors un carnet d'un tiroir, prête à appeler Rosalind Tailor, quand je repère une tache étrange sur la surface polie. Il s'agit d'une ligne sinueuse qui se termine par une éclaboussure d'encre. J'allume la lampe et regarde de plus près. *D-e-l*. Est-ce bien le début de Delaney, ou bien je prends mes désirs pour des réalités ? Peut-être que Lady Lara a tenté de laisser un message pendant son enlèvement. Je m'en serais de toute façon prise à Delaney, mais cela renforce ma conviction qu'il est impliqué.

Rosalind décroche au bout de deux sonneries.

— Vous avez des noms pour moi ? demandé-je sans lui laisser le temps d'en placer une.

Je suis un peu pressée, voyez-vous.

— *Oui. Et Sinead a disparu. Je crains qu'elle ne soit partie s'en prendre à eux.*

Je soupire. Pas encore une disparition, par pitié.

— Vous êtes sûre qu'elle est partie de son plein gré ?

— *Oui, ses armes ne sont plus là. Elle croit que j'ignore qu'elle en possède, mais bien sûr que non.*

— Bien, je la croiserai peut-être pendant ma traque. Combien d'adresses possédez-vous ?

Elle me les dicte. Certains noms me paraissent familiers. Les cibles sont réparties dans toute la ville, quoique surtout dans les quartiers les plus riches. Les sirens ne pourraient-ils pas tous vivre dans une seule et même installation pour nous faciliter leur assassinat ? Ils n'auraient pas pu faire ça pour moi ?

Le dernier nom, c'est celui de Lord Delaney. Je retiens mon souffle. Elle a son adresse. Je n'aurai pas à interroger d'autres sirens. Je vais pouvoir le tuer et passer au suivant.

— Vous êtes sûre que c'est son adresse actuelle ? demandé-je en la notant sur un autre bout de papier.

— *Oui. Il a deux propriétés en ville et je sais que l'autre a été attaquée. Votre œuvre, j'imagine ?*

— Certainement, oui. J'ai tué sa femme.

Elle pousse une exclamation.

— *J'avais entendu des rumeurs de sa mort, mais Lord Delaney répondait avec insistance qu'elle se sentait juste malade. C'est une demi-siren, mais bien sûr, peu de gens sont au courant. Il tuerait toute personne le disant un peu trop fort, puisque c'est contraire à toute sa philosophie.*

— Si le moindre Croc se pointe chez vous, appelez-nous, nous sommes à la mairie.

Je lui donne le numéro et raccroche. Il est temps de partir à la chasse aux sirens.

CHAPITRE 20

J'ai déchiré la liste d'adresses en petits morceaux, que j'ai remis aux gars et à Caitlin. Lennox en reçoit une plus importante, puisqu'il va en transmettre l'essentiel à la Troupe. Je garde dans ma poche l'adresse de Delaney. Je ne leur ai pas dit que je sais où il se trouve. Je veux me charger de lui moi-même. Oui, ça va à l'encontre de tout ce dont nous avons discuté, à savoir le fait qu'ils souhaitent se venger tout autant que moi, mais je ne peux pas aller contre ma nature. Il est ma proie, hors de question de partager.

— Tu es sûre que nous ne devrions pas rester tous ensemble ? me demande Gryphon en parcourant sa liste du regard. Nous irons moins vite, mais ce serait plus sûr. Aucun de nous n'est en très bon état. C'est dangereux, Kat.

Même s'il a meilleure mine, il est encore pâle. Je me sens mal de l'envoyer se battre, mais nous n'avons pas le temps de nous reposer.

— D'accord, fais équipe avec Ryker. Lennox peut se joindre à M. Moon. Au fait, ils ont d'autres dispositifs anti-sirens pour nous ?

Lennox secoue la tête.

— Le peu qu'ils possèdent, ils en ont besoin pour eux.

— Et tous les appareils que nous avions mis à la mairie ont été détruits, annonce Ryker, la mine sombre. La porte de la salle de stockage n'a pas l'air forcée, donc c'est quelqu'un qui avait la clé.

J'opine.

— La même personne que celle qui a désactivé le signal anti-siren de la pendule de Lady Lara. Soit cette personne a reçu un pot-de-vin, soit elle était ensorcelée. Peu importe. Il va falloir faire vite. Et les tuer avant même qu'ils ne remarquent notre présence.

— Ça ne me plaît toujours pas, maugrée Gryphon. Lennox devrait venir avec toi.

— Je peux réussir toute seule, rétorqué-je, plus sèchement que prévu. Je me sens mieux.

— Ce n'est pas parce que tu as été blessée, mais parce que c'est toujours plus sûr à plusieurs. Arrête de jouer les loups solitaires et travaille en équipe.

Non. Delaney est à moi.

— On en parlera plus tard. Vous pourrez organiser une nouvelle intervention si vous voulez. « Comment convaincre Kat de jouer en équipe. » Bonne chance pour ça. Rien à cirer de ce que vous faites ou d'avec qui vous vous associez, moi, je me casse. Appelez Lily dès que vous en avez fini avec une cible. Elle tiendra les comptes.

Après un dernier regard à mes bébés, je me précipite hors de la pièce. J'ai besoin d'air. J'ai besoin de sang. Et surtout, j'ai besoin de la tête de Delaney.

❋ ❋ ❋ ❋ ❋ ❋

L'adresse me conduit à une maison mitoyenne étroite, mais haute, dans l'un des quartiers les plus huppés d'Attenburgh. La façade a été fraîchement repeinte et les fenêtres sont si propres qu'elles doivent être lavées au moins une fois par semaine. Je ne sais pas à quand remonte la dernière fois que nous avons nettoyé les nôtres… encore que ça n'a plus d'importance. Notre maison a disparu. À cause du connard vivant ici dans tout ce faste tandis qu'il planifie la conquête du monde. Pour ça, il faudra me passer sur le corps. J'attends au coin de la rue, hors de vue des éventuels présents dans la maison, et étends mes sens. Étant épuisée, je ne reçois pas autant d'informations sensorielles que je le voudrais, mais suffisamment malgré tout. La maison est bondée. J'entends au moins huit voix différentes, et d'autres bruits témoignent de la présence de personnes supplémentaires. L'air près de la porte d'entrée sent les sirens, en grande partie, et un peu les loups mutants. Pile ce dont j'avais besoin.

Delaney a rassemblé ses troupes. Il sait que je vais m'en prendre à lui. Peut-être a-t-il kidnappé la maire juste pour m'attirer ici. Peu importe. Même si c'est un piège, je compte bien entrer et couper sa bite puante. Il ne pourra plus faire de mal à personne. Ma famille sera en sécurité. Ça vaut la peine de courir le risque.

Je contourne la bâtisse et quitte la rue principale, me faufilant à l'arrière des maisons mitoyennes. La plupart disposent de petits jardins, mais pas celle de Delaney. Il a préféré installer un cabanon. Sans doute pour y ranger ses engins de torture, qui sait.

Un homme garde la porte de derrière, costaud, clairement un mutant. Sans doute l'un de ceux dont il faut couper la tête pour qu'ils meurent. En général, j'aime le défi qu'ils représentent, mais aujourd'hui, je n'ai ni le temps ni l'envie d'attirer l'attention. Et comme je ne vais pas pouvoir entrer par la porte principale, il ne me reste plus qu'à opter pour le toit.

Grâce à un treillis de roses du voisin, je parviens à monter un tiers de la bâtisse, puis je m'accroche au mur et gravis le reste à l'aide de petits trous dans le briquetage. C'est difficile, mais je réussis à rejoindre le toit avec seulement quelques égratignures sur les doigts, qui seront guéries en quelques minutes.

Le toit de Delaney est plus moderne que celui de ses voisins. Il possède une mansarde avec des fenêtres de chaque côté, toutes neuves et munies du double vitrage. Peut-être que je devrais récupérer cette maison, une fois que je l'aurais tué. Il a pris la mienne, donc ce n'est que justice. Mais non, j'ai besoin d'un jardin et de plus d'intimité. Je devrais peut-être mettre le feu ici. La vengeance est aussi un plat qui se sert brûlant.

Comme il fallait s'y attendre, les deux fenêtres sont verrouillées. Ce n'est pas mon jour de chance, c'est certain. J'écoute les bruits en dessous de moi, mais la mansarde est déserte. N'ayant pas d'outils sur moi, je métamorphose ma main droite et me sers de mes griffes pour taillader le cadre en plastique de la fenêtre. Tu aurais dû investir dans un système plus robuste, imbécile. Cela me prend un moment, et je me casse presque la griffe, mais je réussis à entrer dans le grenier, où je m'accroupis, prête à l'action. Je ne dispose que des armes que j'avais sur moi pour m'en prendre à Rosalind Tailor, et encore, j'ai laissé certains de mes couteaux de jet là-bas, dans ma hâte à rentrer à la maison. J'aurais aimé être mieux équipée, mais je vais devoir faire avec ce que j'ai. Il me reste encore une aiguille empoisonnée dans le col. Ça peut servir.

Un étroit escalier en colimaçon mène à l'étage en dessous, dans une pièce vide elle aussi. Le bruit provient essentiellement du rez-de-chaussée de la maison, même si je perçois trois battements de cœur à l'étage juste en dessous de moi. Ce ne sont pas des métamorphes, d'après moi, et leurs battements de cœur sont plus lents que ceux des sirens.

Je descends l'escalier pour rejoindre la pièce vide. Il n'y a même pas une étagère. Peut-être que cette maison ne sert pas souvent. Delaney et sa famille en ont une à Parseldon et aussi l'autre d'Attenburgh. Dans ce cas, pourquoi en avoir besoin d'une troisième ? Sans doute pour avoir l'air encore plus riche. Quelqu'un se tient devant la porte et respire fort. Je dégaine un couteau de l'étui de ma ceinture et me prépare. Une fois que j'aurai tué la personne qui m'attend, je n'aurai plus un moment pour souffler. Suis-je prête pour la suite ?

J'évalue rapidement mon corps. J'ai encore mal à certains endroits, surtout à l'épaule où un mutant m'a mordue, mais je suis suffisamment guérie pour pouvoir me battre. Je ne serai peut-être pas aussi rapide que d'ordinaire, détail que je ne dois pas négliger. Et je ferais mieux de rester sous forme humaine. Qui sait sinon dans quel entre-deux je vais me retrouver. Peut-être qu'il me manquera toujours ma queue et que la blessure saignera encore. J'y penserai plus tard. Chaque chose en son temps. Avec ou sans queue, j'assassinerai Delaney aujourd'hui.

J'inspire profondément, ouvre la porte et saisis la personne juste derrière, l'entraînant en arrière. C'est une femme, petite, râblée, mais musclée. Une combattante. Je lui transperce la gorge. Elle pousse un étrange petit cri qui résonne dans le couloir vide. L'effet de surprise est terminé. Je la tire dans la pièce, hors de vue, mais je ne peux rien contre le sang qui a éclaboussé le chambranle blanc.

— À l'aide ! crie quelqu'un sur ma gauche.

Lady Lara.

Je fonce jusqu'au bout du couloir, informée par mes sens que deux personnes m'attendent, et entre brusquement dans la pièce.

C'est mon jour de chance. Delaney et Lady Lara ensemble. Le siren est installé sur un canapé rouge, les jambes pendant sur l'accoudoir. Lady Lara, pour sa part, est debout au milieu de la salle, raide comme une planche, une épée à la main. Oui, une épée d'allure médiévale qui appartient sans doute à l'armure du chevalier dans un coin de la pièce, vide elle aussi à l'exception du canapé, de l'armure et d'un blason accroché au mur. Delaney devrait avoir une sérieuse discussion avec ses décorateurs d'intérieur.

— Lady Lara, dis-je. Contente que vous m'ayez gardé Delaney ici. J'ai des comptes à régler avec lui.

Bien que je ne l'aie vu que deux fois dans ma vie – la première quand il m'a obligée à me laisser kidnapper et la deuxième quand je m'apprêtais à accoucher –, ses traits ciselés sont gravés dans mon esprit. Ses yeux luisent de malveillance. Il ne cherche même pas à cacher sa haine envers moi. Eh bien, on peut être deux à jouer à ce jeu-là. Je lui lance un regard méprisant et lui montre les dents en sortant les griffes juste un instant.

Le siren pouffe, un son aussi froid qu'une armée de stalactites.

— Moi aussi, chaton, moi aussi. Je vois que tu as survécu à l'incendie. Quel dommage.

— Lara, mettez-vous derrière moi. Nous sortirons d'ici dès que j'en aurai fini avec lui.

— Elle ne va pas t'obéir, imbécile.

Ses yeux luisent, et la maire se tourne vers moi et me fixe droit dans les yeux. Les siens sont vides et vitreux. Elle est ensorcelée. Ce n'est pas une surprise, mais pas non plus ce que j'espérais.

— Arrête avec tes petits jeux et viens te battre comme un homme, le défié-je. À moins que tu ne saches que contrôler des marionnettes ?

Il reste tranquillement allongé sur le canapé sans se soucier le moins du monde des armes que je possède.

— Je suis capable de bien plus que ce que tu imagines. Maintenant, bats-toi. Je veux te voir tuer ta maire adorée. Ça fait longtemps que je ne me suis pas amusé. Hélas, je ne t'ai pas vue tuer ma femme.

— Tu te fiches de sa mort ? lui demandé-je, surtout pour le distraire.

Je ne veux pas avoir à combattre Lady Lara. Comment puis-je la libérer de l'envoûtement sans lui faire de mal ?

— Oh, je ne m'en fiche pas. Ça va être difficile à expliquer à mes associés. Pour l'instant, ils pensent qu'elle est malade, donc, avec un peu de chance, ils ne seront pas trop surpris qu'elle meure tout à coup de sa maladie. Je devrais même te remercier de t'être débarrassée d'elle. Cela m'a épargné l'effort de m'en charger moi-même. C'est une épine dans mon pied depuis des années. Sans elle, tu ne serais même pas tombée enceinte. C'était son idée, après tout.

— C'est toi, le père ? lancé-je brusquement. Ce sont tes enfants ?

Il me dévisage, puis éclate de rire.

— Oh, tu es tellement adorable, petit chaton. Pourquoi gâcherais-je ma précieuse semence pour quelqu'un comme toi ? Ma femme et moi avons eu une enfant qui est devenue folle. Pas besoin d'en avoir d'autres. Non, nous t'avons donné un traitement expérimental, bien trop compliqué pour ta petite tête.

— Qui est le père ? répété-je froidement.

Je déteste le fait qu'il en sache plus que moi. Il m'agite ses réponses sous le nez comme si j'étais un âne qu'il voulait faire avancer, et je ne peux les obtenir qu'avec son aide.

— Tu comprendras tout, au fil du temps. Encore que non. Tu seras morte dans quelques minutes. Alors, peut-être que je devrais te le dire. Je devrais, tu crois ?

— Dis-le-moi, grogné-je.

— Il n'y a pas de père. Nous avons combiné tes gènes, juste pour voir ce que ça donnerait. Nous ne nous attendions pas à ce que les quatre ovules fécondés survivent. Ce sont des abominations, rien de plus. Maintenant, arrête de me faire perdre mon temps et bats-toi. C'est pour ça que je t'ai attirée ici, après tout.

Lady Lara halète et brandit son épée. Elle ne la tient pas comme il le faudrait, malgré tout, je ne doute pas qu'elle puisse faire de sérieux dégâts avec. Je dois la désarmer avant qu'elle ne puisse se blesser ou me blesser.

Je rengaine mes couteaux pour ne pas l'atteindre par accident, puis je danse autour d'elle, essayant de la prendre par-derrière. Toutefois, elle est rapide. Je ne sais pas si l'influence de Delaney y contribue ou si elle est simplement une combattante naturelle, mais son jeu de jambes est étonnamment bon. Elle forme de grands arcs de cercle avec l'épée, et je dois sans arrêt bondir en arrière pour éviter la lame. Celle-ci brille dans la lumière du soir qui s'infiltre par la fenêtre, m'indiquant qu'elle a été aiguisée il y a peu.

— Lara, reprenez vos esprits, grogné-je. Vous pouvez y arriver. Battez-vous contre lui, pas contre moi.

Delaney rit.

— Elle est trop ensorcelée pour ça. Une fois débarrassée de toute cette technologie sournoise, elle a été bien plus facile à dominer que je ne l'imaginais. Tu veux savoir ce qu'elle pense de toi ? Je peux faire en sorte qu'elle te le dise.

J'en ai assez entendu. En un geste fluide, je sors une dague et la jette sur lui. Ce n'est pas un couteau de lancer, néanmoins, il file droit vers son cœur.

Jusqu'à ce qu'il s'arrête. Il reste suspendu dans les airs à quelques centimètres de la poitrine du siren. Je fixe la scène, n'en croyant pas mes yeux. Est-ce que Delaney vient d'utiliser ses pouvoirs pour arrêter un couteau en plein vol ?

Une douleur aiguë me traverse le bras droit. Merde. Je me suis laissée distraire. Du sang recouvre le bout de l'épée de la maire, là où elle m'a entaillé la peau. Je fléchis le bras. Que le Grand Chat dans le ciel soit loué, elle n'a pas touché un tendon. Cela ne m'entravera pas trop. Je recule de quelques pas, presque jusqu'à la porte, pour me mettre hors de portée de cette épée vicieuse.

L'expression de Lady Lara a un peu changé, comme si une lumière s'était allumée dans l'obscurité de ses yeux vitreux. Peut-être qu'elle essaie de le combattre, au fond d'elle. J'ignore ce que ça fait d'être complètement contrôlée par un siren, mais je sais que c'est une femme forte, la plus forte que je connaisse, bien qu'elle ne soit qu'humaine. Si quelqu'un peut briser cet enchantement, c'est elle.

Elle s'approche de moi et brandit à nouveau son épée. Cette fois-ci, j'esquive puis plonge sous son bras armé en direction de Delaney. Le seul moyen de la libérer est de tuer l'homme qui la contrôle. Je tends les doigts vers le couteau suspendu dans les airs, dans l'intention de lui donner la poussée finale vers le cœur du siren, mais dès que j'effleure l'arme, elle s'émiette. De minuscules particules d'argent tombent en pluie sur le sol. Je fixe ce qui était autrefois mon couteau. Bordel. C'est un rêve ou quoi ?

Je capte un mouvement du coin de l'œil et roule sur le côté, pour éviter la rencontre mortelle avec l'épée. Lady Lara semble s'améliorer dans le maniement de son arme. Je dois en finir vite. Cette idée ne me plaît pas, mais je vais devoir assommer la maire. Delaney ne pourra plus la contrôler, une fois qu'elle sera inconsciente. J'espère. Je commence à remettre en doute toutes mes connaissances sur les pouvoirs des sirens. Je savais qu'ils étaient puissants, mais pas à quel point. Je ferai le deuil de ce couteau plus tard. C'était l'un de mes préférés. Encore une chose qu'il m'a prise.

Je me place face à Lady Lara, feinte sur la droite, et elle suit le mouvement, tandis que je me retourne juste à temps, la frappant au coin du menton, comme je l'espérais. Sa tête part en arrière, ce qui agite son cerveau. Comme prévu, ses paupières papillotent et elle s'effondre. Je la rattrape juste avant qu'elle ne touche le sol et l'allonge gentiment. Je ne veux pas qu'elle se réveille couverte de bleus. Elle sera suffisamment confuse comme ça.

Je ne dispose que de quelques minutes avant qu'elle ne reprenne connaissance, peut-être moins, alors je dois me montrer efficace. Je dégaine les armes qu'il me reste, à savoir une dague plus grande et un petit couteau attachés à mes bottes, et me focalise sur Delaney. Bien que surpris, il ne s'est toujours pas levé de son canapé. Il sort simplement un sifflet de sa poche de poitrine et appelle des renforts. Le son me fait grimacer, mais je lutte contre son effet. C'est ma seule chance. Plutôt que de lui sauter dessus, je dois procéder avec plus de précautions, pour le cas où il effectuerait un nouveau tour de magie et détruirait mon couteau. J'attends d'être à un mètre de lui pour agiter mes lames et passer à l'attaque.

Tout à coup, ma vision s'obscurcit et je m'arrête malgré moi en plein mouvement. Non, je ne peux pas me laisser aveugler. C'est encore l'un de ses tours. Je poignarde l'endroit où il était assis, mais mes couteaux ne rencontrent que de l'air. Je les agite autour de moi, tranchant partout, mais même si je le sens et l'entends encore devant moi, il n'est pas là. C'est quoi, ça, encore ? Il joue avec moi ? Forcément. Je ne possède pas de technologie anti-siren sur moi, mais ça ne ressemble en rien à ce que j'ai ressenti avec Gryphon. Avec lui, une petite voix dans ma tête m'informe qu'il essaie de me manipuler. Cette voix est absente, en cet instant. Même dépourvue de vision, je pensais pouvoir me fier à mes sens. Apparemment, ce n'est pas le cas.

Si Delaney s'est transformé en fantôme, je doute qu'il en aille de même pour les mutants qui montent l'escalier en courant. Ils vont vouloir me tuer, et moi, je suis aveugle. Ça ne va pas le faire.

— Delaney ! crié-je. Arrête d'être un lâche et montre-toi.

— Je suis juste là, murmure-t-il dans mon oreille droite.

Je pivote et poignarde l'endroit où il devrait être, mais bien sûr, il n'y est plus. Je ne sais pas s'il joue avec mon esprit, lui transmettant les mauvaises informations, ou s'il a véritablement réussi à se rendre impalpable. Dans tous les cas, j'ai un problème.

Lady Lara gémit à l'instant où le premier mutant franchit la porte. Pas un loup, mais un homme. Bonjour les ennuis.

CHAPITRE 21

Avec les mutants, au moins, mes sens fonctionnent correctement. J'écoute leurs battements de cœur, sens leur odeur sucrée poisseuse qui me rappelle des pommes en train de pourrir, perçois les vibrations de l'air causées par leurs mouvements. Alors, j'attaque. Le désespoir me donne une force nouvelle et la rage de l'endurance. Je dois les tuer avant de m'en prendre à Delaney. Je ne le laisserai plus s'en sortir.

Ces mutants sont si imposants qu'ils sont étonnamment faciles à battre. Leur sang rend mes couteaux glissants à mesure que je les enfonce dans la chair et les os. C'est une manière inédite de me battre, mais je suis plutôt douée. Oui, ils atteignent leur cible – moi – de temps à autre, cependant, je suis assez agile pour pouvoir esquiver sans blessures graves. Mon bras saigne toujours là où Lady Lara a enfoncé son épée, cela dit. Heureusement que la pièce est si vide que je n'ai pas à m'inquiéter de percuter des meubles. Le seul obstacle, c'est la maire, qui gémit, donc je sais où elle se trouve. Elle a l'air de souffrir. J'espère que je ne lui ai pas fracturé la mâchoire. Frapper le menton est l'un des meilleurs moyens d'assommer un adversaire, toutefois, comme toute attaque physique, il peut causer des dégâts.

Enfoncer. Taillader. Enfoncer. Esquiver. Et tout recommencer. Ce rythme ne s'interrompt que lorsque l'un d'eux s'écroule. Je ne sais pas si je dois leur couper la tête pour qu'ils restent morts. Je n'ai pas trop le temps. Poignarder mes ennemis au hasard est assez facile, même sans ma vision, mais trouver leur cou pour séparer leur tête de leur corps sera compliqué.

Deux autres mutants entrent dans la pièce et me tournent autour, essayant de m'encercler. Je recule pour avoir le mur dans le dos, ce qui me protège un peu des attaques surprises. L'un des nouveaux arrivants est sacrément rapide, il m'arrache mon couteau des mains avant que je puisse parer l'attaque. Merde. Comment vais-je retrouver mon arme sans fouiller le sol à l'aveugle, comme une idiote ?

Je perçois le mouvement d'air juste avant qu'il n'attaque et parviens à l'éviter, de justesse. Son arme me coupe le lobe d'oreille et une mèche de cheveux volette lentement jusqu'au sol. Pas grave, je devais aller chez le coiffeur, de toute façon. Je suis encore capable de voir le bon côté des choses. Tout n'est pas perdu.

Pendant que je combats les mutants, je sais que je devrais aussi essayer de me défaire de l'emprise de Delaney sur mon esprit. Mais comment combattre quelque chose qu'on ne peut même pas sentir ? Il n'y a rien à repousser. Mes barrières mentales sont intactes. J'ignore comment il fait, c'est encore pire. C'est une invasion contre laquelle je ne peux pas me défendre. Il doit pourtant bien y avoir un moyen. Je refuse de céder. Je ne pourrai pas lutter éternellement contre les mutants. Il y en a d'autres en bas, qui attendent simplement leur tour. Dès que j'en aurai abattu un, un autre prendra sa place. Le seul moyen de mettre un terme à tout ça est de tuer Delaney.

Ce qui est impossible.

Je grogne, ce qui me rappelle que je dispose d'une autre option que je n'ai pas encore tentée. Je pourrais me transformer.

Je doute que ce soit une bonne idée, avec mon souci de queue, mais c'est toujours mieux que de me battre à l'aveuglette.

Prenant une grande inspiration, je recule le plus possible pour gagner un peu de temps supplémentaire, puis me transforme. Ça me fait un mal de chien. Tous les os de mon corps souffrent sous l'effort, mais heureusement, la métamorphose ne dure pas longtemps. À l'instant où un mutant se jette sur moi, j'ouvre la gueule et lui arrache la gorge. Oui, je parviens à le voir.

Ouf. Je ne suis plus aveugle. Et je me sens plus forte que jamais.

Je feule à l'intention de mes ennemis, les prévenant que la récréation est terminée. Puis je passe à l'attaque.

Le monde devient un tourbillon de sang et de mort. Je suis devenue sauvage, guidée par mon seul instinct. Ils n'ont aucune chance. Je mords, griffe, feule, et quand l'un d'eux s'écroule, je ronronne même un peu. C'est une danse visiblement sans fin… jusqu'à ce qu'une voix froide me coupe dans mon élan.

— Arrête ou je la tue.

Je balance le loup que je tenais entre mes dents, et réalise en même temps que je ne combattais donc pas que des hommes, mais aussi des loups. Je fusille Delaney du regard. Il est finalement réapparu et tient un couteau contre la gorge de Lady Lara. Pas n'importe lequel. Celui que j'ai vu se réduire en poussière. C'est impossible. Et pourtant. Dois-je prendre le risque que ce ne soit qu'une illusion ? Non, je ne peux pas. Je ne doute pas qu'il tuera la maire en cas de force majeure. Elle n'est rien d'autre qu'un pion pour lui. S'il ne peut pas la contrôler, il pourra contrôler son successeur. À ses yeux, les humains sont interchangeables.

Pas aux miens. Enfin, pas elle, en tout cas. Lady Lara est spéciale.

Je grogne sur Delaney, lui montrant mes crocs ensanglantés.

— Qu'est-il arrivé à ta queue ? demande-t-il, moqueur.

Je ne peux m'empêcher de regarder la zone en question. Je n'en ai pas eu l'occasion pendant que je me battais. Maintenant que les mutants se tiennent tranquilles en attendant les ordres de leur maître, j'y jette un coup d'œil.

Et ravale un gémissement. Il manque la moitié de ma queue. Elle ne saigne plus et de la fourrure est apparue à la place de la blessure. C'est tellement triste. Une panthère avec juste la moitié d'une queue est pathétique.

— Bien, rends-toi et si tu me laisses te tuer, elle gardera la vie sauve.

J'affiche une expression moqueuse, autant qu'un félin en est capable, tout du moins.

— Ta vie compte plus que la sienne à tes yeux ?

Non, mais je n'ai pas l'intention de le laisser la tuer, ni moi. Nous en sortirons vivantes.

— Laissez-le faire, murmure Lady Lara, le visage contorsionné de douleur.

Elle n'est plus sous son charme, cependant, il doit lui faire quelque chose d'autre. Ou alors, c'est un effet secondaire du coup que je lui ai donné tout à l'heure. La culpabilité m'envahit. Pourtant, c'était nécessaire.

Je rugis, lui indiquant ce que je pense de son idée.

— Pourquoi te bats-tu encore ? demande Delaney, d'une voix mielleuse et non plus glaciale. Pourquoi tu ne renoncerais pas ? C'est fatigant, non ? Je te surpasse toujours. Tu ne gagneras jamais. Je suis plus fort que toi et tu le sais. Tu es notre création. Nous n'aurions jamais permis à l'une de nos créatures d'être plus forte que nous.

Je ne devrais pas être surprise que les Crocs soient mêlés aux expériences de la Meute. Il avait Sophie, après tout. Néanmoins, l'entendre me traiter de créature ne lui rend pas service. Je grogne le plus fort possible. Pour mon plus grand plaisir, il recule d'un pas avant de se reprendre. C'est son instinct qui a parlé. Je suis une prédatrice et lui la proie, peu importe ce qu'il affirme.

Je passe en revue mes options. Il n'y en a pas tellement. La plupart se concluent par la mort de Lady Lara. Je m'y refuse. Je serais la pire des gardes du corps si je la laisse mourir sous ma surveillance. C'est déjà bien assez qu'elle ait été kidnappée.

— Laissez-le me tuer, puis achevez-le, dit Lady Lara, coupant court à mes pensées.

Oui, c'est ça.

— Non, rétorque Delaney en la fusillant du regard. Elle, je la veux morte, pas toi. Enfin, toi aussi, si tu insistes. Mais nous ne sommes pas là pour marchander. Tu feras ce que je te dirai.

Lady Lara me regarde droit dans les yeux, puis lève lentement la main, la posant sur la poignée du couteau par-dessus les doigts osseux de Delaney. Elle se débat un peu, juste assez pour se tourner vers la droite. Ainsi, son corps ne protège plus tout à fait celui de Delaney et la lame du couteau est pointée vers le siren, même s'il n'a pas encore deviné son intention. Moi, si. C'est courageux, incroyablement courageux, et pourtant, je la déteste pour ça.

— Merci, Kat, murmure-t-elle.

Puis, après un dernier regard dans ma direction, elle guide la main de Delaney avec une force incroyable, l'enfonçant dans sa propre gorge puis en direction de la poitrine du siren. Elle a à peine transpercé sa chemise quand il arrête son geste, mais j'ai déjà bondi sur lui, et, de ma patte, je plonge le couteau entre ses côtes.

Il me dévisage, surpris, puis baisse les yeux vers l'arme fichée en lui. Il les lève à nouveau vers moi. Son visage n'affiche aucune douleur, juste la stupéfaction.

Puisque je n'ai pas de pouces opposables sous cette forme – on ne réalise vraiment leur utilité que lorsqu'on ne les a plus –, j'essaie de tourner la lame avec ma patte. Ça ne marche pas, mais au moins, c'est douloureux pour lui, pour mon plus grand plaisir. Sa mort se rapproche trop vite. Je n'aurai pas le temps de couper des parties vitales de son anatomie, et encore moins de le torturer et de l'interroger.

Soulagée, je constate que les mutants restent en retrait, se contentant de regarder leur chef mourir lentement. Il s'écroule au sol, à genoux devant le corps sans vie de Lady Lara. Je l'écarte d'elle d'un coup de patte. Il ne mérite pas de la toucher.

Il crie de douleur et s'affale vers l'avant, enfonçant encore plus le couteau en lui. Puis il meurt. Un dernier souffle, un dernier battement de cœur et c'est fini. Très insatisfaisant. Je lui grogne dessus, mais il n'est plus là.

Argh. Il n'a vraiment pas assez souffert. J'aimerais pouvoir le ressusciter pour le tuer à nouveau. Il le mériterait bien.

Je fusille les mutants du regard, les défiant de m'attaquer. Si je ne peux pas avoir la peau de Delaney comme je le voudrais, je peux avoir la leur. Cependant, ils ne se précipitent pas sur moi comme je l'espérais. Ils font demi-tour et s'enfuient.

Je souffle et les écoute dévaler l'escalier et sortir de la maison, comme si Delaney était la seule chose les poussant à se battre. Maintenant qu'il n'est plus là, ils se fichent totalement de moi, même si j'ai tué les leurs. Leurs corps jonchent le sol. Me voilà une nouvelle fois entourée de cadavres. Ça devient une habitude.

Il reste quelques sirens au rez-de-chaussée, pas assez malins pour avoir fui. Je frotte doucement mon museau contre la joue pâle de Lady Lara en guise d'adieu. Je la pleurerai plus tard. Pour l'heure, j'ai encore des sirens à éliminer.

Je suis la dernière à revenir à la mairie. Lily m'attend dans le hall, assise en tailleur sur le comptoir d'accueil. Dès qu'elle me voit, elle saute sur ses pieds et court vers moi. Elle jette un coup d'œil à mon expression et ouvre les bras. Je me laisse faire, mais je suis trop engourdie pour lui rendre son étreinte.

Ça devrait avoir le goût de la victoire, et pourtant, c'est celui amer de l'échec qui pèse dans ma bouche. Je suis épuisée, sale et couverte de sang. J'ai perdu une amie, aujourd'hui. Et je n'ai pas éliminé mon ennemi comme je l'aurais voulu.

— Il est mort ? chuchote Lily.

— Oui.

Toujours aucune satisfaction en le disant. Oui, il est mort, mais à quel prix ?

— Bien. Je savais que tu comptais t'en prendre à lui. Je m'apprêtais à t'envoyer les gars, mais te voilà. Tu as vu dans quel état tu es ? Tu es dégoûtante.

Elle éclate de rire et me caresse le dos.

— Ne t'en fais pas, on va te nettoyer. L'assistante de la maire nous a fait parvenir de la nourriture. Tes compagnons se sont déjà jetés dessus à l'heure où l'on parle.

J'opine. Je suis trop morte à l'intérieur pour répondre. Je veux me rouler en boule dans un coin et dormir. Oublier tout ça. Puis câliner mes bébés et me couper du monde entier.

— Qu'est-ce qui ne va pas ? Tu n'es pas seulement épuisée. Tu as trouvé la maire ?

Je m'écarte d'elle et la regarde simplement. Elle retient son souffle et plaque ses mains à ses lèvres.

— Elle est morte ?

J'acquiesce.

— Delaney ?

Plutôt que de répondre, je traverse le hall, ignorant les policiers et les employés de mairie m'adressant des regards méfiants. J'ai besoin de ma famille.

C'est au moment où mes compagnons m'encerclent que je ressens enfin à nouveau quelque chose. La torpeur cède la place à un chagrin infini. Ils me caressent les cheveux alors que les larmes coulent sur mes joues, se mélangeant au sang séché et à la suie. Je ne cherche pas à cacher mes larmes. Je les laisse venir. Au milieu d'eux, je n'ai plus l'impression de devoir taire ma vulnérabilité. Et même si ça avait été le cas, je n'ai pas la force de maintenir mon masque.

Je ne sais comment, nous nous trouvons sous une douche. Pas assez grande pour nous quatre, mais, chacun leur tour, ils me lavent, me coiffent, nettoyant même le sang sous mes ongles. Je me laisse faire. Je ne suis plus tout à fait là. Ils m'expliquent leur succès, le fait qu'ils ont tué presque tous les Crocs de la liste, que nous sommes en sécurité, à présent. Cela devrait me rendre heureuse. J'aimerais pouvoir me réjouir, moi aussi. Nous méritons bien de célébrer la bonne nouvelle. Nous sommes enfin libres. Plus besoin de craindre des attaques. Nous pouvons vivre, à présent. Delaney est mort, les Crocs sont décimés.

Gryphon m'emballe dans une serviette molletonnée et m'attire contre lui.

— Nous sommes là pour toi. Nous serons toujours là pour toi.

Je lève les yeux vers lui et plonge dans ses prunelles vertes qui me rappellent chaque fois une prairie par une journée ensoleillée. Elles luisent d'amour, de tendresse. Je prends son visage dans ma main et l'attire à mes lèvres.

Quelque chose craque en moi, fissurant la torpeur. Le soleil traverse les nuages. Je l'embrasse comme une noyée et le laisse me ramener à la vie. Il m'enlace, m'attire contre lui, me tient dans ses bras. Les autres se joignent à nous, m'entourant de tous les côtés. Leurs caresses effacent les derniers restes de la paralysie, et je recommence à respirer. Je les embrasse, l'un après l'autre, savourant le goût de la vie.

Oui, nous sommes en vie.

Nous sommes ensemble.

Et ce n'est que le début.

— Joyeux anniversaire !

Les mots résonnent dans le jardin, répétés par tout le monde. Cette famille n'est pas réputée pour sa discrétion.

Liat tape dans ses mains avec excitation, sa queue autour de mon cou. Il devient lourd, presque trop pour être porté longtemps, mais je l'aime beaucoup trop pour le poser. Jusqu'à récemment, je pouvais me déplacer avec deux enfants voire plus dans les bras, mais ce temps est révolu, même s'ils s'en plaignent. Ils grandissent trop vite, beaucoup plus que des bébés humains. Certains jours, j'aimerais qu'ils ralentissent pour pouvoir profiter de chaque journée de leur enfance, puis je me souviens combien c'était agréable qu'ils quittent leurs couches aussi vite. Ils utilisent tous le pot à présent, et Donna a même commencé à se servir des toilettes pour grands, au grand dédain de sa sœur jumelle. Bella préfère que nous fassions tout pour elle, y compris nettoyer son pot. Cette petite diva aura raison de moi un jour.

Lily s'affale sur une chaise à côté de moi et sourit.

— La fête est géniale, pas vrai ?

Je sais qu'elle cherche les compliments, puisque c'était son idée. Avec Caitlin, elles ont organisé la plus grande fête à laquelle j'ai assisté de toute ma vie. En même temps, ma famille est vaste, en fin de compte, et quand tout le monde est réuni au même endroit, c'est presque trop. Heureusement que notre nouvelle maison possède un grand jardin. Lily a installé un pavillon pour protéger le buffet, pour le cas où il pleuvrait. Cependant, le ciel n'a jamais été aussi bleu. Le soleil se couche lentement, parant la forêt alentour de ses couleurs chaudes.

— Tu as bien bossé, avoué-je. Les enfants adorent.

Liat rit de bonheur et tape dans ses mains pour marquer son approbation. Il ne parle pas beaucoup, même s'il sait faire. Au contraire de ses sœurs, qui ne se taisent jamais.

— Tante Rose a dit qu'elle allait leur apprendre à préparer des pancakes, annonce Lily en pouffant. J'ai répondu qu'ils étaient un peu jeunes pour ça, mais elle a répliqué qu'ils devaient apprendre à se nourrir tout seuls, si leurs parents partent en mission. Elle semble convaincue que votre petite vie de famille à la maison touche à sa fin.

— Je ne sais pas ce qui lui fait penser ça, maugréé-je. Je suis la parfaite femme d'intérieur.

Lily ricane.

— Mais oui, c'est ça. Tu crois que j'ignore tout de ta petite excursion de la semaine dernière ? Citrouille t'a aperçue en ville. Tu aurais pu me rendre visite.

— Je ne voulais pas d'un sermon. Tu sais que les garçons ont insisté pour que nous prenions cette année de pause sans meurtre.

Je soupire.

— C'est de plus en plus dur pour moi. Ça me manque, Lily. Ça fait partie de moi. Je ne suis pas faite pour rester à la maison et jouer avec ma portée. Ils deviennent de plus en plus indépendants, et bientôt, ils vont vouloir accomplir leur premier meurtre.

— Kat, ils ont un an aujourd'hui. Ils ne vont rien tuer avant un moment. Peut-être une souris, et même ça, j'ai du mal à l'imaginer. Ils ne sont pas très doués pour se transformer.

Ah, bien entendu, il fallait qu'elle remue le couteau dans la plaie. S'ils ont tous les quatre connu leur première transformation, ils semblent totalement impuissants sous forme de chatons. Comme des nouveau-nés, en gros. Pas vraiment prêts à chasser et tuer dans les règles de l'art. Cette différence de développement entre les deux formes est étrange, mais même un an après, nous sommes revenus bredouilles de toutes nos recherches d'informations sur les bébés métamorphes. Nous allons devoir attendre de voir ce qu'il se passera. J'ai toujours aimé les surprises, non ?

— Tante Rose a aussi dit qu'elle aimerait que nous venions la voir. Maintenant que la sœur de Gryphon a quitté la maison, elle a plus de place. Je parie que les jumelles adoreraient que tu dormes chez elles.

— Ça m'étonnerait qu'elle ait assez de place pour quatre adultes et quatre enfants, répliqué-je, amusée. Mais je la remercierai quand même pour sa proposition.

— Tu as vraiment changé, commente-t-elle, pensive. Quand je t'ai rencontrée, tu n'avais jamais remercié quiconque. Et maintenant, regarde-toi.

Je hausse les épaules, un peu mal à l'aise. Suis-je en train de perdre ma crédibilité d'assassin ? Ce n'est pas parce que je n'ai tué personne depuis longtemps que je suis devenue ordinaire. Et même si j'ai appris quelques bonnes manières, qu'est-ce que ça change ? Je reste la même.

— Maman, Ombre m'a mordue ! s'écrie Bella, qui arrive en courant et saute sur mes genoux, sans tenir compte de son frère déjà accroché à moi.

Ah, les enfants. Aucune notion de ce qui les entoure.

Liat grogne contre sa sœur et resserre sa queue autour de mon cou. Même si ce n'est pas son intention, il est presque en train de m'étrangler.

— Qu'as-tu fait à Ombre avant qu'elle te morde ? demandé-je à Bella en essayant de rester ferme.

Je ne crois pas une seule seconde à l'innocence de Bella. Elle a peut-être l'air d'un ange muni de crocs, mais c'est un petit démon au fond d'elle, comme les trois autres.

— Elle a mangé le dernier morceau de gâteau au chocolat ! crie Ombre en se précipitant vers nous. Maman, je voulais du gâteau au chocolat.

— Moi aussi. Qui a tout avalé ?

Bella montre mes hommes du doigt. Gryphon a du cacao plein les lèvres. Traîtres.

— On va obliger Caitlin à nous préparer un autre gâteau, d'accord ? Juste pour nous, les filles.

Liat grogne à nouveau.

— Oui, et pour toi aussi. Et si Lily nous rend visite ce jour-là, elle en aura une part aussi.

— J'apprécie, commente l'intéressée, amusée. Ne t'en fais pas, je compte venir te voir bientôt. Je suis moins occupée, maintenant que *M.I.A.O.U.* est de nouveau sur les rails. Benjamin s'est occupé des factures comme un chef, au fait. Tu devrais peut-être lui donner une augmentation. Nourrir sa biche doit lui coûter cher.

— Une augmentation ? Tu me prends pour qui ? Une gentille patronne ?

— La meilleure de toutes. Maintenant, donne-moi mon neveu et va te servir du gâteau avant qu'il n'y en ait plus. Ce n'est pas une vraie fête si on ne se gave pas.

Je lui tends Liat et me dirige vers le buffet, suivie par les filles. Je scrute le jardin à la recherche de Donna. Je la découvre en compagnie de Sophie et des jumelles. On dirait qu'elle essaie de s'acoquiner avec les filles cool. C'est la première fois que Sophie rencontre Ivy et Quatre, et elles se sont tout de suite entendues à la perfection. J'ai dit hier aux jumelles de ne pas faire de remarque sur l'œil manquant de Sophie, mais être élevées par tante Rose leur a fait du bien. Elles semblent plus jeunes, plus insouciantes, à présent. Avec un peu de chance, elles pourront retrouver une partie de leur enfance perdue, tout comme Sophie.

Caitlin, assise non loin, observe ses jeunes sœurs. Citrouille est à ses côtés et lui parle à toute allure. En me concentrant, je pourrai écouter ce qu'il lui dit, mais je leur laisse leur intimité. Les deux adolescents sont devenus très proches. C'est adorable. Les jeunes amours, c'est ce qu'il y a de mieux.

— Kat, on t'a gardé des truffes !

Lennox agite un sachet de cellophane. Miam. Je le rejoins en un instant.

— Ils contiennent de l'herbe à chats ?

— Non, mais il n'est pas impossible que j'aie des biscuits à l'herbe à chats cachés dans ma poche.

Il sourit.

— Ils coûtent un baiser chacun.

— C'est de l'extorsion !

— Non, ce sont les affaires. Tu en veux un ?

Il passe son bras autour de ma taille et m'attire contre lui.

— Comment veux-tu que je résiste à ça ? Même pour un prix aussi odieux.

Il éclate de rire et sort un biscuit de sa poche, émietté sur les bords. Il est plus que temps que ce petit trésor rejoigne l'estomac d'un chat impatient. J'ouvre grand la bouche, et Lennox me nourrit, pouffant quand je lui lèche les doigts. Je mâche le biscuit avec bonheur, ronronnant même un peu quand l'herbe à chats fait effet.

Je veux *frotter* quelque chose. Mon besoin de me frotter contre une jambe est si puissant que je me mets à quatre pattes et me plaque contre celle de Lennox. Je pousse contre lui, d'un côté, de l'autre, totalement inconsciente du monde qui m'entoure.

En tant que chat, il n'y a pas meilleur état.

Des heures plus tard, une fois les enfants couchés, il ne reste plus que les garçons et moi. Nous sommes assis sur un énorme arbre couché dans l'herbe et savourons l'agréable brise nocturne. L'arbre était déjà comme ça quand nous avons acheté la maison, et nous ne l'avons jamais enlevé. C'est un banc parfait pour nous quatre. Les bruits de la forêt sont agréables et me rappellent une nouvelle fois que nous avons trouvé notre petit paradis.

Ryker m'entoure d'un bras et j'appuie ma tête contre son épaule, épuisée par la fête. Gryphon bâille, partageant mon sentiment.

— Les étoiles sont magnifiques, ce soir, commente Lennox doucement en levant la tête vers le ciel. C'est la nouvelle lune. C'est là qu'elles sont le plus visibles.

Ryker indique un groupe d'étoiles sur notre droite.

— Autrefois, quand je pensais que j'étais un chat, on appelait cette constellation le Grand Ronron. Si tu traces des traits entre les étoiles, ça ressemble au bruit que produit un ronron.

— Comment un son peut ressembler à un ronron ? s'étonne Gryphon, formulant ma propre stupéfaction. Les chats ont un alphabet ?

— Nous voyons le monde un peu différemment. Parfois, les sons forment des images.

Il hausse les épaules, comme si c'était logique.

Je fixe le ciel en essayant de distinguer un ronron. C'est ridicule, mais j'ai déjà fait plus bizarre.

— Je crois qu'il y a un miaou par-là, dis-je au bout d'un moment en indiquant une étoile particulièrement lumineuse. Oui, c'est définitivement un miaou.

Ryker me donne un coup de coude.

— J'étais sérieux.

— Moi aussi.

J'éclate de rire.

— Ou peut-être pas.

Le silence s'installe tandis que nous savourons la compagnie des autres sous le ciel brillant d'étoiles, jusqu'à ce que Lennox pousse une exclamation excitée.

— Regardez, une étoile filante !

Il a raison. Et il n'y en a pas qu'une, mais toute une nuée qui défilent dans l'obscurité.

— Fais un vœu, murmure mon loup.

J'y réfléchis un instant, puis me tourne vers lui et lui souris.

— Pas besoin. Je mène la vie que je veux.

Et voilà, c'est terminé. Kat a enfin sa fin heureuse.

Si vous avez aimé cette histoire, n'hésitez pas à laisser un commentaire.

Si vous voulez un peu d'herbe à chats, souscrivez à ma newsletter :
skyemackinnon.com/francais

Et pour finir, voici une scène bonus que j'ai écrite sur le moment où Citrouille se transforme pour la première fois. Vous pouvez la retrouver ci-dessous.

NOTE DE L'AUTEURE

Chers lecteurs,

J'espère que vous avez apprécié le dernier tome de la série des Assassins à Moustaches. C'était un livre difficile à écrire, je crois n'en avoir jamais connu d'aussi durs. Kat ne voulait pas que ça se termine, elle m'a combattue à chaque page. Elle a arrêté de me parler, elle a boudé, elle a fait un caprice. Il m'a fallu plus longtemps que prévu pour la faire céder et qu'elle accepte de me raconter les dernières bribes de son histoire.

Celle qui m'a beaucoup aidée, c'est Suie, ma minette. Elle est toute noire, sournoise, manipulatrice et a des griffes acérées. Ça ne vous rappelle pas quelqu'un ? Elle m'a inspiré de nombreuses scènes du livre sur les chats. Elle a aussi effacé toute une scène en s'allongeant sur mon clavier pour dormir. Alors, heureusement que les clouds existent pour les sauvegardes.

Même s'il ne s'est écoulé qu'un an et demi depuis la publication du premier tome[1], j'ai un peu le sentiment que c'est la fin d'une époque. Oui, je suis très mélodramatique, mais quand même... Tant de lecteurs ont découvert mes œuvres grâce aux Assassins à Moustaches. Vous m'avez montré vos photos de chats, dessins de chats, vous avez suggéré des noms, commenté mes livres, les avez recommandés, vous avez même écrit des articles de blogs sur eux. Vous êtes, chers lecteurs, la raison pour laquelle il y a sept tomes alors que je n'en avais prévu qu'un seul au départ.

Alors, merci à vous. Si vous avez lu *Chat fâché*, c'est que vous êtes un superfan de Kat.

J'aimerais aussi remercier mes merveilleux bêta-lecteurs et ceux d'ARC. Et mes amis, qui ont enduré les extraits que je postais sur notre conversation WhatsApp bien trop souvent. Et mes assistants, d'autrefois comme d'aujourd'hui, qui ont fait partie de l'aventure des Assassins à Moustaches. Et ma famille, qui a commencé à lire cette série (non, Maman, Kat n'a pas choisi qu'un seul homme et elle ne compte pas le faire, malgré tes suppliques !).

Comme indiqué à la fin de l'épilogue, il existe une scène bonus concernant Citrouille. J'ai également l'intention d'écrire un jour un livre sur ses aventures, mais pas tout de suite. Il va peut-être y avoir un tome des Assassins à Moustaches spécial Noël, gardez l'œil ouvert. Bien sûr, Noël n'existe pas dans le monde de Kat, mais ils font tout de même une célébration particulière en hiver… spoilers !

Pour l'heure, je vous envoie mes meilleurs vœux pour cette période étrange. Merci d'avoir lu l'histoire de Kat.

Miaou !

Skye MacKinnon

Octobre 2020 (je le précise pour le cas où vous liriez ça de nombreuses années plus tard, quand la pandémie de Covid-19 ne sera plus qu'un lointain souvenir).

NOTES

223

NOTE DE L'AUTEURE

1. En Écosse.

NOTES

NOTE DE L'AUTEURE

1. En Écosse.

À PROPOS DE L'AUTEURE

Skye MacKinnon est auteure de best-sellers. Ses livres racontent l'histoire d'héroïnes qui n'ont pas d'autre choix que de s'impliquer.

Elle revendique avec fierté son héritage écossais, utilisant les fantastiques décors de son pays et une pointe de mythologie, que ce soit pour parler de dieux celtes, de chats métamorphes ou des rues d'Édimbourg.

Lorsqu'elle ne se trouve pas dans son café préféré pour écrire ses livres, Skye adore la mangue séchée, ainsi que les thés exotiques, dont elle a rempli son placard jusqu'à ce qu'il n'en rentre plus aucun sachet. Ce qu'elle aime par-dessus tout, c'est être recouverte des poils de son chat démoniaque.

skyemackinnon.com/francais